● 蔡 旭 著

蔡旭散文诗五十年选

復旦大學出版社

序一

蔡旭和他的散文诗

王幅明

蔡旭先生是当代一位优秀的散文诗作家。2007年11月，在中国现代文学馆举办的中国散文诗诞生九十周年纪念与颁奖大会上，被授予“中国当代优秀散文诗作家”（十佳）称号。这是建国以来唯一一次为散文诗作家颁奖。荣获此奖显示了蔡旭对中国散文诗发展做出的突出贡献。此前，他于2000年出版的《蔡旭散文诗选》获海南省优秀精神产品奖。

蔡旭1946年4月生，系复旦大学中文系学子，1968年毕业。文学创作始于大学时代。1965年1月31日，在《文汇报》发表散文诗处女作《春节短歌》（三章）。至今出版著作三十二本，其中散文诗集二十四本，散文集四本，短论集四本。代表性散文诗著作为：《彩色的明信片》（第一本著作，1987年广西人民出版社），《蔡旭散文诗选》（1965—2000年作品选，2000年作家出版社），《顺流而下》（2001—2010年作品选，2011年河南文艺出版社），《简单的生活》（2013年中国文联出版社）。他是一位高产的散文诗作家，自称“不

退休的散文诗人”。退休后进入了新的创作高峰期，近几年几乎每年都有新著问世。

他的这些散文诗集出版后，均受到读者和专家的普遍好评。中国散文诗学会会长柯蓝为《彩色的明信片》所写的序言中说：“他在散文诗园地上的耕耘，获得了丰硕的收成，展示了独树一帜的风格。”“题材的涉及面是很广阔的。几乎所有能写散文诗的素材和生活镜头，他都写出了很好的篇章。”“一改当前散文诗题材单调、重复、贫乏无力的较为普遍的现象。”散文诗评论家秦兆基写道：“在蔡旭的散文诗中，见不到愤世嫉俗的慷慨陈词，见不到流连风景的雪月风花，见不到心灵浮躁的名利追求，见不到沉吟于个人命运坎坷的不平，见不到缠绵悱恻刻骨铭心的情爱悲剧。可以见到的是光风霁月之下的平野，晴天丽日之下的海滩，让我们窥见和把握了我们时代生活的主流，品尝出生活的甘甜，尽管有的地方不免带点苦涩。”（《阳光，沙滩与观海者——蔡旭散文诗集〈顺流而下〉面面观》）鲁迅文学奖获得者王宗仁在给蔡旭的信件中谈他读了散文诗集的感受：“我喜欢诗中写人写故事。诗中写人，看来这已经成了你写诗的一个特点，我认为极好！我喜欢这样读完后还让人思考许久的诗。因为它来源于生活，又走出了生活。”获奖散文诗作家刘虔认为，蔡旭散文诗“充溢着生活情趣，充溢着思考者对日常平凡生活观照下的理趣”。另一位获奖散文诗作家陈志泽，赞扬蔡旭散文诗“敏锐，逻辑严谨，思想深度，有时还幽默”。著名中年散文诗作家周庆荣，评论蔡旭散文诗：“您的在场角度的写实性创作，对散文诗写作的丰富及可能非常有益。”散文诗作家兼评论家崔国发，评论蔡旭散文诗：“他的散文诗零距离地切入他所熟悉的日常生活，举凡自然、社会、人生，以及他所熟悉的人、熟悉的事、熟悉的景、熟悉的物等等，都纷纷走进了他的诗里行间，乃是诗人抒情地吟唱社会与人生的艺术记录，也是他长期以来对生活与现实的感悟与思考。”

蔡旭散文诗作品题材广阔，善于捕捉日常生活中的诗意。他坚守现实主义的创作原则，写底层，写市民，写普通劳动者，写他生活的城市，写熟悉的人和事，写熟悉的风景。他从熟悉中发现陌生：“关键在于发现。有时在观察中发现，有时在寻找中发现，有时在思索中发现，有时在无意中发现。一旦发现了、捉住了这小小的陌生，就有可能把日常的现象、日常的情趣、日常的经验照亮了。我把这种状态叫做‘发现的喜悦’。”(《散文诗集〈熟悉的风景〉自序》)这是眼光，更是智慧。蔡旭主张在风格上百花齐放，不拘一格，力求写出与众不同。他力行探索与试验。尝试过杂感散文诗、哲理散文诗、报告体散文诗、寓言散文诗、微散文诗等多种形式的写作。

蔡旭长期从事新闻工作并担任要职，具有新闻和文学的双重敏感。他是高级编辑，国务院特殊津贴专家，海南省有突出贡献优秀专家，海南省劳动模范。是中国作家协会会

员，曾任海南省作家协会副主席，中国散文诗学会副主席、中外散文诗学会副主席、中国散文诗研究会副会长、海南省散文诗学会会长。

《蔡旭散文诗五十年选》，是蔡旭半个世纪散文诗创作的精选，是他长期用心血耕耘所结出的硕果，具有出版价值和市场潜质。而由其母校出版社推出，更有特殊的意义。

特表祝贺！

王幅明，1949年10月生，河南唐河人。编审，国务院特殊津贴专家。河南文艺出版社前任社长。中国作家协会会员，中外散文诗学会副主席，中国散文诗研究会副会长，河南省散文诗学会会长。有《中外著名散文诗欣赏》《美丽的混血儿》《诗的奥秘》《男人的心跳》《天堂书屋随笔》等多种著作出版。

序二

蔡旭散文诗的独特性

［澳大利亚］庄伟杰

散文诗作为一种特殊文体，具有自身独立自足的表现形态、美学原则和话语体系。在20世纪中国文学史上，造就了以鲁迅《野草》为代表的不少优秀的艺术精品，涌现了一大批成果斐然的散文诗作家。进入新世纪以来，散文诗创作进入了前所未有的新的发展阶段，无论是作者群还是读者群，都有迅猛递增的迹象和良好势头，前景相当广阔。

谈论当代散文诗创作，蔡旭是一个绕不过去的重要角色。可以断言，他是当代中国富有探索精神和卓然自成风貌的散文诗大家。自20世纪60年代中期即大学时代起，他就在《文汇报》上发表散文诗处女作，从此便一发而不可收。在大胆探索和开拓实践中，他一路风雨兼程一路耕耘播种，“在随时光顺流而下的同时逆水而上，用自己的眼光去抚摸，去搜索，去筛洗，去思量，去放射，对自然、社会与人生发出自己的回音。”先后推出的散文诗集达二十四部。就著作出版数量而言，蔡旭称得上当代散文诗界第一人。确切地

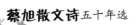

说，蔡旭是一个散文诗的虔诚者。换言之，他是把散文诗当成生命中的宗教。更为重要的是，蔡旭散文诗创作历经半个世纪的历程，逐渐使他明确了个人的文体选择，不仅只是作为心灵追求和精神皈依，更有着清醒而自觉的文体意识和话语方式，呈现出鲜明而独特的个性风格。2007年纪念中国散文诗诞生九十周年大会上，他被评为“中国当代优秀散文诗作家”（十佳），可谓实至名归。

毋庸讳言，中国现当代文学史上，真正注重文体和文辞的诗人作家屈指可数。应该说，多数诗人作家文体意识的觉醒还远远不够，甚至没有文体意识，即只会挪用一般人也会用的语言写作。由是纵观当代散文诗界，尽管创作景象热闹非凡，日益繁荣，但真正具有精神的内在性、语言的独特性，能够创造属于自己的富有文体意识和话语方式的自觉性的散文诗作家，实属凤毛麟角。从这个意义上说，蔡旭是独树一帜的，当可视为当代散文诗坛的一个特殊个案。因为文体体现着作家的精神结构，而作家的精神生活与语言表达之间有着一种基本的对应性。综观蔡旭散文诗创作，看得出他有着相当明确的文体意识，即找到了属于自己的通往艺术大道的路向。“把可感可叹可歌可泣可赞可弹的那些人，那些事，那些景，那些情，用自己的眼光、自己的情感、自己的笔，划出一条自己的路”（蔡旭语）。于是，他写城市状态写梦里故乡，写街头雕像写椰风轻唱，写师友剪影写简单生活……一个作家的生命力和创造力在他认定的散文诗中获得了充分、灵活而朴素的自由释放。蔡旭散文诗主体的个性，乃是他对生活对事物的独特的精神选择，且日渐彰显出与众不同的思维方式、情感系统和语体特征。

散文诗之于蔡旭来说，绝非雍容与悠闲的产物，也非是无关痛痒的聊赖之语，那是一个诗者兼智者“顺流而下”畅流的心语，又是“熟悉的风景”与“生活的炊烟”的精神证词。从他各个不同时期的代表性作品，譬如早期的《天意》《海瑞墓在辨认》《椰颂》《我愿倾诉，我愿倾听》，尤其是新世纪之后书写的《这片被囚禁的土地》《大雨冲刷的大街》《博鳌的微笑》《搂着空气跳舞的人》《镜头下的西沙》《走在家乡的海滩上》《染发》《小院》《联合国广场有一个中国鼎》《我读龙门石窟》《花山之谜》《雨，总算下过了》等篇章中，我们发现，蔡旭面对生活与物事的场域，总能找到一种新奇而独特的感觉，从人们司空见惯的物事中提取自己散文诗创作的最大公约数，把平常的形象诗意化，给人耳目一新之感。他注重于如何发现，力图从自己的生活本色中抽取生活的本色元素，找到自己创作的契合点，形成自己散文诗创作的气场。或许，散文诗的文体属性比较适合蔡旭追求自由和心灵真实的精神指向。于是，他有自己的审视方式和创作原则，他的精神始终都“在路上”，不断地搜寻着事物与历史的真相，并且总是从生活的现场出发，去挖掘人们忽略或遗失的东西，以心灵检视历史与现实，从而融入自己的思想，让平常的场景发出淡淡的光芒，呈露出心底的微澜。

对于散文诗的文体归属，批评界一直争论不休。无论是把它当成诗的一个分支，还是独立的一种文体，其目的都是为了提升散文诗的文体地位。对此，蔡旭有自己精辟而独到的诗学观——“散文为体诗为魂”。仅用七个字，就高度地概括出散文诗的本质特征，堪称一针见血，一语道破天机。而作为一种言说方式，散文诗往往是诗人内心的表达，包含诗人的人生价值观与人格取向。蔡旭深谙其中三昧。其散文诗从介入生活出发，在生活场景中找到适合自己散文诗创作的活性因子，不断探索，不断感悟，不断强化，从而打磨出闪烁诗性智慧的光泽，并在瞬间不断闪射出来，构成了自己散文诗创作的特有磁场，既感动自己又吸人眼球。其创作实践无疑为散文诗的发展注入了新的活力，也充实了散文诗文体的内涵，不管是语言、结构、叙事方式，还是审美空间的开拓。值得称道的是，蔡旭散文诗中始终立着一个大写的“人”字，其呈现的文字符号背后潜藏的审美价值和人文情怀，给予我们的启示意义是难以言喻的。

2014年盛夏急就于华侨大学

庄伟杰，闽南人，旅澳大利亚诗人、作家、评论家、书法家，复旦大学文学博士后，华侨大学文学教授，研究生导师。主要从事世界华文文学、当代诗歌和文化艺术研究。出版诗、文、论和书法专著十多部，主编各种著作七十多部。

前言

同散文诗一起走过五十年

1965年1月31日我在《文汇报》发表散文诗处女作《春节短歌》(三章),一晃半个世纪了。

想当年,正是柯蓝、郭风、李耕、刘湛秋的佳作,激起了一位复旦大学中文系二年级生的诗心。不过紧接着就是“大革文化命”的十年浩劫,让毕业后到了广西的我,除零星写点矿山题材外,几近搁笔。

随着改革开放的春风吹遍大地,我在80年代迎来了第一次创作高潮。《工人日报》(编辑岳建一)的大力扶持,《桂林日报》(编辑苏理立)为我开了八年的专栏,《广西文学》组织的侗乡采风,让我的诗情如火山喷发。1982年起我在广西总工会与《广西工人报》工作,对城市与社会有了更广泛更深入的接触与了解。1985年相继加入广西作家协会和中国散文诗学会,1987年参与主持创办广西散文诗学会。1987年出版了我的第一部散文诗集《彩色的明信片》。后来出版的《爱之舟》《阳光与花朵》《抚摸世界》《烟火人间》《童心与父心》,都是这个时期的产品。

1988年8月调到《海口晚报》，我的散文诗同椰风海韵与建设热潮一起生长。在《海口晚报》开专栏，还得到了《新闻出版报》(编辑李建华)、《海南日报》《广州日报》和各种刊物的大力支持。我在1990年主持创建了海南省散文诗学会，同年当选中国散文诗学会副主席；1991年加入中国作家协会。在这个第二次创作高潮期，《椰城思绪》《在我心中散步》《敞开心扉》《淡淡有味》《椰岛踏歌行》《微笑是最好的美容》等散文诗集相继出版。2000年作家出版社出版的《蔡旭散文诗选》，是我此前三十五年的选集。后来又出版了同名的中英文对照的简本。

从1995年到2002年，由于忙于报纸编务，我的散文诗写作处于实际上的沉寂期。2003年到2006年，也只有一些散章陆续发表。

第三次高潮从2007年底开始。这时我已从报社退休，虽然仍在工作，毕竟有了更多的时间与精力。《散文诗》《散文诗世界》《星星·散文诗》相继成了主阵地。必须承认，2007年11月的中国散文诗诞生九十周年纪念与颁奖大会授予我“中国当代优秀散文诗作家”称号，对我是极大的鼓舞。之后这些年，相继出版了散文诗集《熟悉的风景》《温暖的河流》《生活的炊烟》《顺流而下》(新世纪十年作品选)、《生活流》《沉淀物》《简单的生活》《伴着椰风轻唱》《蔡旭自选集——新作散文诗一百首》《大波微澜》。直至如今，这个高潮仍在延续，自感还保存着创作的动力、活力与潜力，仍可自信地自称“不退休散文诗人”。

至此，包括这本《蔡旭散文诗五十年选》，在我已出的三十三本著作中，散文诗集占了二十五本。目前仍有《散文诗创作手记》《散文诗的寓言》及近两年的作品正在整理、编选之中。五十年的不离不弃，散文诗对我的馈赠太丰了。

半个世纪的散文诗练习，让我对散文诗这种文体有了一些认识与主张。

我知道：散文诗是散文形式的诗。我提出：散文为体诗为魂。

我认为：抒情、哲理、内在音乐性是“散文诗的三要素”。抒情是散文诗的基本职能。这决定了它本质上是诗。哲理是散文诗的灵魂。这决定了它的思想及其分量。内在音乐性是散文诗在语言上的特点。这是确认它是诗而不是散文的一个标签。

我赞成散文诗百花齐放，不同风格、不同路子、不同样式各显神通，齐放异彩。

赞成普及与提高并举，不反对用“易读易写”发动与推广，赞成靠多出精品扩大影响与提高档次。

在怎样出精品上，我认为精品并不由写多写少决定。精品不与多少成正比，也不与多少成反比。写得多也许不可能写得精，但也不排除其中也可以挑出佳作。“少而精”的大师名家已有范例，但“少而不精”的却更是多数。精品也不由写得快慢决定。“十年磨一剑”或“倚马可待”都有成功的例子。根据自己的实际情况，我采取“笨鸟多飞”的态度。

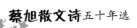

我支持散文诗解放思想，积极探索。我觉得，不应排除“报告体散文诗”有成功的可能。既然散文与评论结合产生了杂文，散文与“报道”杂交产生了报告文学，戏剧与诗、与音乐结合产生了诗剧、音乐剧，更有散文与诗“混血”产生了散文诗本身。因此，一切试验都应该鼓励与支持。

几十年来，我很乐意进行散文诗的试验。喜欢用散文诗刻画人物，为大批平凡与非凡的人物塑像，丰富了散文诗的人物画廊。在90年代，曾把散文诗与杂文结合，出版了两本“杂感散文诗”集《淡淡有味》《微笑是最好的美容》。近年把散文诗与寓言杂交，试制了一批“寓言散文诗”。早年与近年都试制过“报告体散文诗”，以诗意与诗笔描述广阔的场景与丰富的画面，反映更复杂的事件与人物。

半个世纪以来，我的散文诗涉及的题材虽然广泛，但实际上只有三个字：“写生活”。写城市，写现实，写身边的人物与事物，阳光与阴影，欢乐与哀伤。我在实践中注重对生活的观察、思考，诗意的提炼，深意的发掘，对现实生活的人性关怀，及深层次的生命思考。喜欢从细小处着手，从人的思想深处、灵魂深处，从事物的本质落脚，从简单的生活中发现深刻的哲理。我主张并践行“一读就懂，越想越深”，多用平静的口语叙述自然而然地流露生活的诗意，力求用美好的情感与深邃的思索打动人心。我追求语言朴实、简洁，有内在的音乐美。与此同时，我注意对创作规律的追寻与经验的总结，以“创作手记”的形式记录创作的体会与感悟，进行自我指导与提高。

半个世纪以来，我的散文诗创作一直得到散文诗师友们的鼓励。近三十年前，柯蓝肯定说：“他在散文诗园地上的耕耘，获得了丰硕的收成，展示了独树一帜的风格。”郭风、李耕、耿林莽、许淇、刘湛秋、王宗仁、管用和、徐成淼、许敏歧、海梦、邹岳汉、秦兆基、陈志泽、严炎、田景丰、王幅明、张庆岭、王慧骐、蒋登科、冯明德、箫风、周庆荣、庄伟杰、崔国发、宓月等许许多多的老师与诗友给了我指导与帮助。据师友们说，我的散文诗也形成了鲜明的特色与独特的个人风格。肯定了拙作贴近生活，走城市新写实的路子，大大拓宽了散文诗的题材领域，也挑战了散文诗写作的难度。认为在场角度的写实性创作，对散文诗写作的丰富及可能非常有益。肯定了零距离地切入所熟悉的日常生活，是诗人抒情地吟唱社会与人生的艺术记录，也是长期以来对生活与现实的感悟与思考。

这本《蔡旭散文诗五十年选》，是我对半世纪的散文诗跋涉的一个回顾与小结。从我五十年、约三千章诗作、二十四本诗集里，选入了二百六十章作品。由于2000年作家出版社出过一本《蔡旭散文诗选》，较多地选入了1965—2000年的作品，因此这本“五十年选”只录用前三十五年较有代表性的习作，而更侧重于选入新世纪，又主要是2008—2014年的作品。

选本按内容分类编排。分为十一辑:《起跑线》留下起步早期的足迹。《广西情》记录第二故乡的风情风貌。《市声录》是城市多侧面的实况转播。《人物廊》是对芸芸众生的肖像勾勒。《椰风吹》是对海南椰风海韵的吟唱。《故园梦》是对乡情亲情的深切倾诉。《简生活》是平凡日子的所见所闻所思所悟。《心散步》是社会人生在心壁的回音。《师友们》铭记散文诗坛师友间的深情厚谊。《读天下》抒发走读名景胜迹的独特感怀。《诗寓言》寄托诗意之中的哲理。《附录》则是本人的著作目录与文学年表。

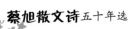

我特意为本书做了一个按年度编排的目录，置于附录。从中可发现我五十年跋涉的路程，顺流与曲折，丰年与歉收，坚守与变化，踏步与进展。沿着这条起伏的轨迹，也许可以比较全面地了解与把握一位散文诗人的整体面貌及不同时段的状况，对其成果与特色、经验与教训有更切合实际的认识。

我要感谢散文诗。正是它与我五十年相依相伴、不离不弃，才使我的生活得到充实，精神有所寄托，性情得到陶冶，人生更有价值。

感到惭愧的是，写了五十年，才拿出了这么一本不乏平庸之作的选本，对不起时代，对不起生活，对不起读者。

好在人还在，心不死。作为一个“不退休散文诗人”，我愿继续前行，与散文诗一起风雨同路，日夜兼程，为自己或有可能的突破与提高不懈地努力下去。

2015 年春，于珠海香洲星园

目　录

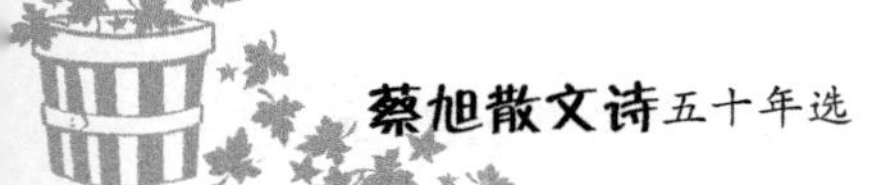

起跑线

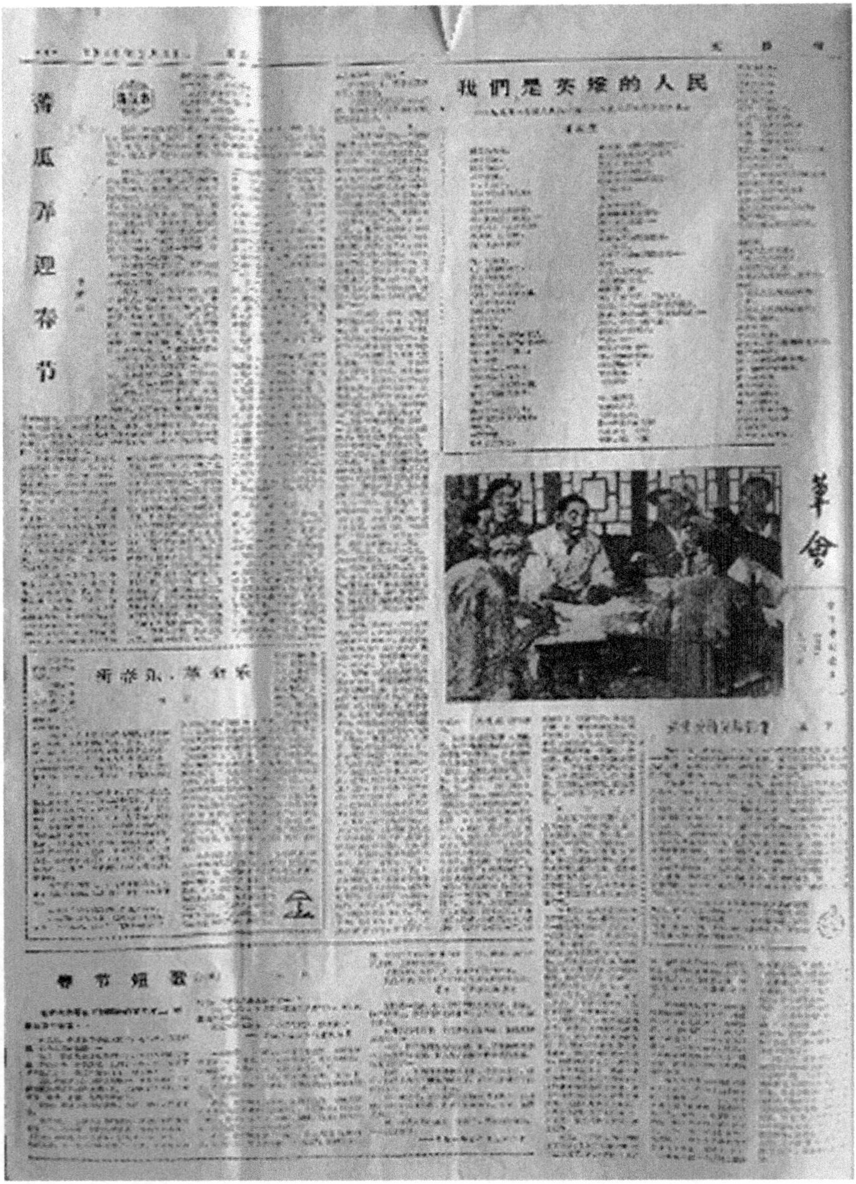
蕃瓜弄迎春节

我們是英雄的人民

春节短歌

1965年1月31日,《文汇报》刊登蔡旭散文诗处女作《春节短歌》(三章)

给一群青年卫生工作者

你们是一支战斗队。你们的敌人是老鼠、苍蝇、蚊子和臭虫。你们的阵地在墙角、水沟、粪池，也在实验室。

在镇长的带领下，你们拿起了苍蝇拍、显微镜和玻璃管。

听说，你们观察苍蝇的生态，画出了苍蝇一周的变化图和季节消长图。有人为了追捕一种少见的苍蝇，跟踪了四天。

你们中，有的只是初中毕业生，小学毕业生。现在，你们成了科学研究的闯将了。有一句话概括了你们的工作——在战斗中成长。

哦，我记得，每年春节你们都要在实验室门口贴上一副对联：除四害移风易俗，讲卫生益寿延年。今年，你们又贴上了吗?

啊，你们英勇的战斗，保障了人们辛勤的创造。——我这样想。

（1965年1月31日，上海《文汇报》，三章选一）

探矿老工人

翻开地质资料的记载：断层，断层，断层……

犹记以前权威的断言：无矿，无矿，无矿！

可是，你带领探矿队踏遍青山，掌握了断层的新走向。你以无可辩驳的论据，断定“无矿”只是一种假象。

啊，你曾经使“死矿”变成活矿，使“贫矿”变成富矿。如今，又让被误为“无矿”的深山献出了长眠的宝藏。

你是“超人的先哲”吗？你有“天生的聪明”吗？你有“天赋的才能”吗？

我只知道你从前在资本家那暗无天日的窿井下采过二十年矿，出一天牛马力，得到的回答是：下贱，愚蠢，笨蛋！

你的学历呢？文盲。解放后上了半年识字班，才闯过了文化关。

哦，我想起了一本书。它说：真知来源于实践。

（1972 年）

海　燕

——题一幅油画

狂风，暴雨，霹雷，闪电！你，女电话兵，攀杆查线，搏击云天！

风啊，卷起你的雨衣，你把它当作展开战斗的风帆。

雨啊，湿透你的衣衫，但扑不灭你心中青春的火焰。

摇晃的椰树，衬托你钢浇铁铸的身影。

翱翔的海燕，赞叹你叱咤风云的豪情。

“轰！”——肩上滚过一阵沉雷；

“唰！”——眼前掠过一道闪电。

你只感到战士的责任重啊，不禁哼起了战歌：“向前进！向前进！”

“要保证线路畅通无阻！”——这是你唯一的信念。

快！让线路传下北京的声音，传达进军的号令，传播报捷的喜讯！

勇敢，沉着，镇定。

突然，你眉宇间显出了胜利的欢欣，对着话筒你高声报告：

“我是海燕！”

此刻啊，大地上风呼雨啸，天空中电劈雷鸣。

一个声音回荡在万里云天——

“你是海燕！你是海燕！你是海燕！”

（1973 年）

点炮的姑娘

“砰叭！砰叭！”——什么在响？惊动了妈妈，惊动了弟弟，惊动了邻居的大娘。

哦，是你呀，刚戴上矿帽的女矿工，关在屋里点炮仗。

妈妈在门外听：哎哟，十八岁的姑娘玩炮仗。还不叫人笑断肠！

弟弟在门口望：嘿嘿，姐姐偷偷学本事，游园会上去捞糖！

大娘在隔壁想：怪呀，这姑娘向来胆子小，怎么今天变了样？

看你，点炮的确不内行。一炮、两炮，手发颤，掩起耳朵躲一旁；三炮、四炮，心不慌，满怀喜悦听炮响；五炮、六炮，笑声朗，一边点炮一边唱……

妈妈门外喊，弟弟窗口嚷，大娘过来看：怪姑娘，到底搞的啥名堂？

——我已报名当炮工啦，先点炮仗练胆量……

啊，妈妈疼你，弟弟学你，大娘夸你：

好一个有志气的姑娘！

（1978 年）

露　珠

早晨，草尖上挑着一颗颗露珠。
悲伤者问：这可是暗夜留下的泪珠?
登攀者答：不，这是创造光明的汗珠!

（1979 年）

李树之歌

——给一位科学家

你把全部心血都用来酿造果实了，怪不得开出的花是如此苍白！

有人因此指责你只白不红。你依然忍辱负重，默默地酿造着。

待到献出果实时，再让人们看吧：

有的是鲜红的果肉，和一颗赤子之心！

（1980 年）

清新的风

啊，除尘风机革新成功了。它站在巷道里，捕捉着看不见的粉尘，送出清新的风。

采矿工人们，放心吧，粉尘再也不能来侵害你们的健康了。你们在千米井下，也能呼吸清新的空气，迎送柔和的春风。

可是你们知道吗？为了研制除尘风机，我们的防尘技术员，吸进了多少粉尘啊！

他的工作服沾满了尘泥，他的近视眼镜蒙上了尘泥，他一连几天没回宿舍了，连那整洁的书桌上，也洒上了一层灰白色的粉……

在井下值班室的长凳上，疲劳过度的防尘技术员正鼾声如雷呢。

啊，你尽情呼吸吧，巷道里有的是，除尘风机过滤了的，甜丝丝的风……

（1980 年）

闪光的汗

老采区里，亮着一盏矿灯。这是刚下班的老采矿工，又到老采区采残矿。

他撬着底板上的残矿，晶莹的汗水啊，沿着钢钎流下来。

他捞着水沟里的残矿，珍珠般的汗水啊，顺着锄头流下来。

他用手去抠石缝里的残矿，带血的汗水啊，点点滴滴渗进矿砂里……

啊，为了给国家增产稀有矿砂，每天下班后，老采矿工就头顶一盏矿灯来到这里。

汗水，一滴滴地挥洒着。矿砂，一点点地堆积着。

啊，这是光灿灿的矿砂，这是亮闪闪的矿砂。

晶莹闪亮，光彩夺目，这稀有的矿砂啊！

老采区里，正闪闪发光。

闪光的，不知是矿灯呢，是矿砂呢，还是老采矿工的汗水？

（1980 年）

盼风

树木，化石般肃立。平湖，休止符般静卧。

竹叶子不再窃窃私语。空中消失了呼啸的歌吟。

凝滞的目光，望着烟囱上的浓雾，染黑了头上的白云……

啊，只听得发闷的心跳声，伴着大街上喇叭的呐喊……

——你快来吧，哪怕只是一丝丝，生活也不会是这静止的模样！

（1980年）

颠簸中的希望

啊，新开的公路！

我们的车子在高低不平的碎石上颠簸，在堆着一方方石块的窄路上扭秧歌舞，陷在泥泞中唱着喘气的歌……

我的心，从颠簸中平静下来，在折磨中尝到兴奋，在慌乱中感受欢欣。

顺着筑路工那挥动的铁锹，我从坑洼中看到平坦，从泥泞中看到希望之光在闪耀……

飞车当然惬意，但，路总是从无到有，从坎坷到坦荡的。

我的心，与在泥淖中重新启动的汽车，以同一节拍在呼唤——

我不怕颠簸！给我更多的新路！

（1980年）

绿色的诗篇

——给一位森林诗人

终日和松涛一起合唱，松涛给了你惊心动魄的力量。

常年和山泉一起奏鸣，山泉给了你缠绵柔婉的感情。

苍劲的老树，教会你把根深深地扎进地下。于是，你和它一起冷静地深思。

葱绿的新苗，启示你把叶高高地伸向蓝天。于是，你和它一起幸福地憧憬。

啊，你给鸟儿绿色的摇篮，你给风儿绿色的旅店，你给大地绿色的水库，你给天空绿色的云。

啊，山花赋你以绚丽的色彩，百鸟赐你以动听的声音，清风送你以优美的旋律，云天赠你以丰富的想象。

森林啊，献你以诗的水库——永不枯竭的灵感。

请问，到底是森林育你呢，还是你育森林？

（1981年元旦）

广 西 情

公路，挽着彩云

我们的汽车，沿着盘山公路登上了山顶。

嗬，往下看：苍翠的杉木林是披在山上绿色的锦帐，漫山的油茶花是浮在山中白色的云朵，梯田的香糯稻正泛着一层又一层金色的波浪，深秋的枫树叶东一片西一片地举着火把。

蜿蜒的盘山公路哟，你是一条彩色的飘带，挽起了绿色的、白色的、金色的、红色的云彩，一直飘到富饶的山下。

平整的盘山公路哟，你是一条闪光的琴弦，跳动着绿色的、白色的、金色的、红色的音符，奏响了一曲丰收的欢歌。

我问身边一位侗族老人：请问，是什么时候，修起了这条公路？

老人却答非所问，说，一九三〇年，这里的羊肠小道上，走过红七军……

（1982 年）

悠然石板路

一块块石板，那么洁净；一级级石梯，那么整齐。起自河边，沿着山坡，铺进寨子里去，铺到每座木楼的门口去……

难怪有人笑谈：光着脚从河里走上来，可以一直走到床上！

望着远远近近的山峦，都是清一色的土坡，哪里有这么多的青石板呢？

侗家老伯告诉我：找来的。

哦，东找一块，西找一块；你找一块，他找一块；今天找一块，明天找一块。日积月累，日久天长，竟铺成了一条条洁净整齐的石径！

一块块石板，就是一个个音符哟，谱成了一支支动人心弦的歌：勤劳的歌，智慧的歌，远见与信念的歌，热心公益的道德之歌！

跨河越江的风雨桥是这样建起的。

飞檐翘角的鼓楼也是这样耸起的。

啊，我常常想起石板路，想起辛勤铺路的侗族乡亲，想起他们火热的心肠，以便抵消一点世俗观念对我的污染……

（1982 年）

雨，装在酒杯里

在湘、黔、桂交界的三省坡上，在侗、苗、汉人聚居的崇山峻岭之间，兴建了一座水库。

由四周青翠的群山拥簇着，耸立在海拔一千多米的云雾里，你这名副其实的天湖，是高擎在各族村寨头上的大酒杯哟！

把涓涓溪水聚拢来，把滴滴雨水储起来，你为侗、苗、汉人民酿起了香醇甘美的甜酒。

甜酒流向田垌，香糯稻喷出奇异的香味。甜酒流向电站，山寨里闪耀明亮的星星。尤其在大旱之年，你流遍村村寨寨，催开了各族人民喜悦的心花。

为了表示对你的敬意，天湖啊，我爬上九坡十八岭，攀在你的酒杯边沿，来观赏你的芳容。

不料，连日大雨封山，把我困在山顶。天湖啊，是你特意让我留下来，看你怎样酿造甜酒吗？

好吧，为了让天湖的酒杯装得更满，我希冀着：

雨啊，尽情地下吧，越大越好！

（1982年）

啊，程阳风雨桥

怎能不写你！你这侗乡风物的精华，你这侗家建筑的瑰宝！

但，我不敢写你。

我怎么写得出你重檐连阁的雄姿呢，怎写得出那五座六角或四角的、塔形与殿形的楼亭的壮观，那长廊檐壁上精雕细琢的图案的秀美啊！

我怎么写得出你鬼斧神工的精巧呢，怎写得出那四孔长桥上不用一枚铁钉的奥秘，那凿榫衔接、横穿斜套、纵横交错、上下吻合的神奇啊！

写不出八寨五十二位老人的辛劳，写不出方圆百里乡亲们捐木、捐钱、捐粮、捐工和十二年血汗的可歌可泣……

写不出当年那场罕见的山洪把你冲毁时的悲壮，写不出侗家乡亲让你再现当年风姿的意志与信念，和四海游人重睹风华时的惊讶与欢欣……

不敢写你啊！你这侗家心灵的见证，你这侗家历史的丰碑！

但，怎能不写你！

（1986 年）

鼓：历史的纪念碑

鼓，一面两尺见方，六尺多高的大皮鼓，悬挂在侗寨鼓楼的上层。

它是侗家团结的象征啊，它是侗家力量的见证。

擂响它，声传数十里，震撼万人心。过去每逢有事，它就发出权威的号令，把村头寨尾的老少汇拢来，把山林田垌的乡亲召集来，把远在他乡的兄弟呼唤来……

发出过抵抗旧官府镇压的动员令。

发出过击败土匪们骚扰的决战书。

现在，我走进雄伟壮观的鼓楼，只见它静静地悬挂在楼里，再也听不到惊天动地的呼喊了，再也见不到刀光剑影的厮杀了。

即使再擂响它，也只是为了会议与歌舞了。

哦，没有战争，只有欢乐了。

啊，我遗憾，听不到它威武雄壮的轰鸣了。我庆幸，不需要它呼天撼地的呐喊了。

它悬挂在鼓楼里，悬挂在侗家这庄严的议事堂与欢乐的歌舞厅里，像一座高高的纪念碑——

侗家团结的纪念碑！

各民族大团结的纪念碑！

（1986 年）

琵琶歌，牵出了佳话

手持一根竹棍，身背一把琵琶。盲歌手踏遍了山山岭岭，沟沟坎坎，侗乡的每一座鼓楼，都向他敞开大门。

他弹得太好听了，琴声把全村老少都召来了。

他唱得太动人了，故事让姑娘媳妇都流泪了。

一会慷慨悲歌，一会委婉缠绵。四根弦，流过侗乡大地的四条小溪，一会卷巨澜飞流千尺，一会融月色汩汩淌流……

为了听他的歌，多少寨抢邀他唱了一晚又一晚。

为了听他的歌，多少人跟着他步过一村又一村。

一天，一个姑娘对他说，她愿意终身为他背琴牵棍，陪他唱遍侗乡。

他感动了，他痛哭了。但，他悄悄走了。

他，悄悄走了，不愿连累一个姑娘的青春。

她，紧紧跟着，甘心陪伴一颗高尚的心灵……

（1986年）

安宁与和平

绿灯。绿灯。绿灯。

我的孩子站在桌边，居高临下地指挥着车队的行动。

大大小小的纸盒，在十字路口穿梭，川流不息地前进，有条不紊地驶行。

没有一辆车不遵守交通规则。没有哪一辆车不服从红绿灯的调动。

卡车上驮着满满的货物。客车里似有人头在晃动。小汽车里坐着首长和外宾。洒水车散发惬意的甘霖。白色的救护车，带走急救的病人。绿色的邮车，送来暖融融的春风……

我问孩子：为什么那个红色的纸盒，总停在远处不动?

他反问我：爸爸，难道要火灾，不要安宁与和平?

（1983 年）

冒　雨

早晨的雨，急匆匆地走过窗前，淋湿了我六岁的孩子那焦急的心。

哦，淋湿了他春游的梦，淋湿了他渴望中的郊外，那杜鹃花的微笑，小溪流的歌声。淋湿了，在高楼阳台上所望不见的，那蝴蝶的翩舞，飞鸟的彩翎。

淋湿了他的眼眶，涌出两滴晶莹的感情。

还是走吧。我撑开雨伞，他提起网篮，在他的嬉笑和他母亲的嗔怪声中，走出了家门。

不能让雨，淋湿了他的欢欣。

更不能让雨淋湿我——一位爸爸的温存……

（1984）

风雨交加的时候

大雨倾盆！

正要去上班的我，安坐在家里，等待那伤心到了极点的老天爷，把号啕大哭变成细细的倾诉或断续的抽泣。

我的孩子却毫不迟疑地撑开雨伞，把身影交给风雨交加的背景。

来不及拉住他，只能远望着，那风雨飘摇中的小伞。

这位三年级小学生，只知道上学不迟到，就不懂大雨倾盆的理由吗？

在我们机关，因雨迟到是情有可原的。

即使不下雨，迟到早退的事难道少见吗？

望着风雨飘摇中那坚定的脚步，我禁不住也和雨衣一起，冲进了滂沱的雨幕。

孩子他妈招呼着，她不知我是去劝他回头，还是去赶我的路……

（1985 年）

阳光下的阴影

有一天孩子突然问我："爸爸，什么是假、冒、劣、毒商品？"

我真不想回答。不想在他幼小的心灵里蒙上假恶丑，蒙上阴影和欺骗。

但，不如实告诉他，不也是一种欺骗吗？

在我们身边。就有冲水的酒，冒牌的烟，有卡壳的"原装"录音带骤然喑哑了歌喉，拼装的"名牌"自行车瞬间中止了驰骋，有注水的瓜果，填沙的鸡鸭，土豆伪装的皮蛋，以及昧了良心的秤砣与秤星……

啊，假冒劣毒品，一种新的流行病！

对待流行病，就得打预防针啊。

这样，我对瞪大了眼睛的孩子，讲述了晴天上的乌云，阳光下的阴影。

让真善美的幼苗，开始见识风雨与抗争……

（1986年）

决　心

选矿姑娘第一天上夜班，我送她一包驱散睡意的酸梅。

早晨，姑娘披着彩霞，精神抖擞地下班了。

该感谢这包提神的酸梅吧？——我问。

她却递回这包酸梅，（一颗也没有吃！）说：

应该感谢的，是它的核，那颗坚定的心！

（1984 年）

提　升

下班的铃声，从井口提升起满载矿工的罐笼。

提升起一个个沾着汗水与灰尘的面孔，提升起一朵朵凯旋而归的微笑，提升起闪现在年轻爸爸面前那宝宝的小酒窝，提升起封存在愣头小伙脑海里，那幽径尽头的秘密……

最后一罐，提升上来的总是你：清洁工，及你带的便桶。

为了不污染矿工们的欢乐，你总等在最后。

你不怕臭气的污染，因为你有洁净的心灵。

（1984 年）

等　待

还在等他吗？姑娘。

公共汽车来了，又走了。

夜场电影放了，又散了。

凉风的脚步近了，又远了。

月亮的笑脸露了，又躲了……

姑娘还在耐心地等待着。她坚信他一定还会来。

他说过，矿工说话是算数的。

那就等吧。头上的路灯将会作证：

这不叫固执，这叫信任……

（1984 年）

文 凭

汗水浇出的花！

借公共汽车的轮子抢得时间。趁孩子睡觉后候到书桌。跟着饭锅冒气的歌声背诵。在拧紧水龙头时拧紧记忆……

让它同“先进生产者”的奖状一起，在墙上交相辉映吧。

——这才是八十年代的工人！

（1984 年）

发　电

这水电站太小了，只能照亮一小片暗夜。

代销店还畅销着煤油。村巷中在摇晃着手电。辛劳了几千年的灯盏，仍然苦熬着灰黄与暗淡。

这水电站太小了，来不及照亮整个山村。

这最先赶走暗夜的地方，这全村最灿烂辉煌的地方，只是山村小学的一间教室。

眼睛闪亮着，学童们的心窗与围观的父老乡亲们的嘱托，也一起闪亮着。

这水电站太小了，它只是一户农民创办的。

谁说山里人目光短浅呢？

办电人就懂得，要照亮整个山村，先开发另一种电源……

（1985年）

女盐工的诗

像爸爸沉醉在路灯下人头簇拥的棋局里。

像妈妈沉醉在荧光屏悲欢离合的剧情里。

像弟弟沉醉在绿茵场翻江倒海的狂热里……

盐工姑娘扭亮了她的台灯，让潮水般的情感，去灌满稿纸上的方格——她的另一块盐田。

捕捉住海潮的吟唱，捕捉住阳光的多彩，捕捉住老盐工嘴角的笑纹和小青年心底的秘密……

大海给她诗情，盐田给她灵感。女盐工懂得，怎样蒸发水分，才得到结晶的盐。

海风吹来一曲悠扬的短笛。她知道那颗期待的心在问：你苦苦熬夜，图的什么呢？

女盐工自言自语地回答：只想为生活，添一点味道。

（1986 年）

码头说着普通话

启航的汽笛盖过了所有的语言。

那些各种各样方言反复道着的珍重，叮咛，瞩望，祝福，思念，都听不清楚了。

所有的语言都变得多余了。

于是，在渐渐远去的船上，在渐渐远去的岸边，多情的手在挥舞，多情的眼在凝望。

人们用眼和手，说着心里的话。

那是名副其实的“普通话”，谁都听得懂。

（1986 年）

漓江与谜

在你们眼中，一切都可以变成谜语。

你们这些谜坛高手啊！

站在漓江的游艇上，一条条谜语五彩缤纷地走来——

那清澈见底的江水，那画中游过的鱼、竹筏和活泼的心。

那拔地而起的山，它那传神的名字和美妙的传说，那山和水的心心相印。

那神姿仙态的景，那如痴似梦的情，那陶醉在山水之间的人……

竞相地制着谜。竞相地猜着谜。

你们这些谜坛高手啊！

在这谜一样的漓江上，因谜而结下了友谊。只有它不必制成谜，只有它不能制成谜。

友谊不是谜，用不着猜。

它一眼就能看到底，就像眼前的漓江水……

（1987 年，“全国职工漓江谜会”）

花山与画家

就是这花山啊！

就是这座拥有原始崖壁画的花山，就是这些或打拳练武，或击鼓高歌，或欢乐起舞的壮族的先民，就是这些众说纷纭莫衷一是的谜一样的传说，如今与这画家兄弟连到了一起。

心明如镜的明江也说不清楚，到底是他们迷上了花山，还是花山迷上了他们。

光着屁股的时候就来了。

就这样相看两不厌，就这样相迷两不舍，就这样临摹着，捉摸着，思索着，神飞着。

就这样长大成人了。

石灰岩把朱砂的颜色汲进石里，亘古不褪。

兄弟俩把花山看在眼里，刻进心里，溶入血里，喷在他们自己的画里了。

北京震惊了！世界震惊了！

世界瞪大眼睛追寻这两个壮族青年的脚步，像追寻又一个千古之谜。

于是，花山这位年高德劭的老人，深入浅出地宣讲着它的论文：土与洋，民族与世界……

（1987 年）

鸳鸯江

天真、纯洁的桂江，在欢蹦活跳地扑向西江的怀抱时，才发现对方身上原来有那么多的污水浊水！

不乐意委身于它。

也不忍心抛弃它。

于是，在梧州人面前，出现了一段世所罕见的“鸳鸯江”奇观，界限分明地并排奔腾着西江的浑黄与桂江洁身自好的清丽……

可是到了后来，它们终于浑然一体了。

啊，是被爱所征服，桂江改变了初衷，无可奈何地同流合污了呢？

还是被爱所感化，西江听从了劝告，心甘情愿地洗刷了污泥浊水？

（1987 年）

前沿路

在无路可走的时候，瀑布只好跌入谷底。

在无路可走的时候，侦察兵却攀向峰巅。

即使是山险坡陡，怪石嶙峋，荆棘遍地……

侦察兵却说——

什么是前沿路？

就是在绝境与胜利之间，连上我们的脚印……

（1988年3月）

边关哨兵

正是为了迎来这满天云锦，你屹立在黎明前的黑暗。

昨夜，故乡的亲人们仰望星空的时候，都说见到你了。

——那两颗最亮的星星，便是你警惕的眼睛。

（1988 年 3 月）

市 声 录

街上流行黄书包

像流行西装与连衣裙一样，像流行张明敏与程琳的歌一样，像流行武打电影与侦探小说一样，像流行“涨价风”一样……

哎呀呀，这些年轻人！

黄书包，过去也曾流行。那年月，它与红袖章一起，曾狂热一时，成为愚昧的标志。

如今，黄书包是知识的标志。

如今，在大学校园里，黄书包与宽边眼镜在一起，同文雅及彬彬有礼在一起，同风度翩翩及博学多才在一起。

于是，黄书包从校园走出来，从图书馆走出来，从工厂与商店走出来，甚至从茶座与舞厅走出来……

黄书包，同生龙活虎在一起，同意气风发在一起，同花枝招展在一起，当然也会，有的只是同时髦与虚荣在一起。

庆幸它吧，装的不再是愚昧与野蛮了。

庆幸它吧，装的是对人才的尊重，对知识的追求，和关于美的新观念了。

哎呀呀，这些年轻人！

（1985 年）

“呢子公司”的年轻人

黄昏，一群年轻人从建筑公司走出来。穿着挺括的呢子西服，打着鲜艳多彩的领带走出来。带着微笑，带着微香，带着微醉，带着微妙走出来。

走向霓虹灯盛情相邀的大街、商店与夜市场。

走向欢笑声绕梁不绝的剧院、茶座与文化宫。

走向旱冰场的旋转，图书馆的寂静，与诗歌讨论会的激动。

走向婚姻介绍所的羞涩，大龄青年联欢会的腼腆，与温馨的小树林的窃窃私语……

不再为下班后工作服上的泥浆，而蒙受不该有的耻笑了，不再为口袋的空瘪与黄昏的空虚而烦闷苦恼了。

他们承包了令人赞赏的建筑，也承包了令人欣羡的生活。他们的打扮，也同他们的工作一样，都是“全优工程”。

他们穿着呢子西服，神采飞扬地走出来，给晚霞映衬下的“建筑公司”的招牌增添了光彩。

过往的行人不无羡慕地说：过去是“泥巴公司”，现在是“呢子公司”了……

（1985 年）

飞去了，那快活的鸟

几只鸟儿在窗外啁啾。

会议室也曾有鸟的啁啾。在那冗长而枯燥的报告中，我们几个不知天高地厚者为了抵抗瞌睡虫的诱惑性入侵，私下里间歇性地聊起三两句悄悄话——如鸟的啁啾。

几只小鸟理所当然地受到惩罚。而我是出头鸟。

窗外的鸟儿又在啁啾了。

会议室里却再也没有了鸟的叽喳。我们正襟危坐在冗长与枯燥面前，尽管台上念的仍是我起草的讲稿，我还是在笔记本上记下我装出的恭敬。

台上老花眼镜的闪光不时射过来一笑。

也许在赞许我的成熟。

他不知道，我的笔记里，只是画下了那几只在窗外枝头上蹦跳的精灵……

（1986 年）

偶然闯进一个秘密

一场以小打大、以弱胜强的激战!

“哒哒哒！”刚从托儿所接回的小孙子，用冲锋枪射出了他的勇敢，那所向无敌的气概，震慑了整个宽敞宁静的客厅。

节节败退的爷爷，高高地举起了双手。一会儿捂着肚皮，一会儿掩着胸口，心甘情愿地，一次次反复“牺牲”。

往日冰冻的面孔不见了，表情丰富而生动。

往日威严的神态不见了，代之活泼与天真。

啊，忘了年龄，忘了身份，复萌了潜伏几十年的童心。

忽然发现了窗外的我，当爷爷的马上收敛起他的秘密，恢复了作为我的顶头上司的尊严。

我仔细地在他脸上找寻激战留下的印痕，很遗憾，一切蛛丝马迹都已烟消云散。

真希望还能重现这场激战。我庆幸在游戏中见到了完全的人。

（1987 年）

啊，纷飞的红绸

我陪他回家的时候，他疲累得快要瘫倒在小卧车上。

我知道，那些从高空瀑布般泻下来的鞭炮，还在他耳旁轰响。

那些频频举起的高脚杯的湖水，眼看就要泛过他一再修补的堤防。

在聚光灯与闪光灯的炫照下，那些象征开工或落成，开业或毕业，开市大吉或若干周年庆典的彩绸，在他眼前纷飞。

那鲜红的绸带像小孙子捉迷藏用的手帕一样，把他蒙得晕头转向。

我看见他拿剪刀的手微微颤抖，真担心他剪不断那成千上万双在现场和在电视机前的眼睛的瞩望。

我看不见年高德劭的他，那神采奕奕与笑容满面背后，有没有阴影。

扶着他走进家里的客厅，小孙子扑上来，嚷着他等待已久的欣喜。

地板上，一座积木搭成的大厦。

小手中，一条红纸的飘带。

啊，薄薄的纸带，很好剪。

我发现他突然跌坐在沙发上，闭上了眼。

只听见满客厅回荡着他小孙孙的娇嗔："爷爷，快来给我剪彩啊！"

（1987 年）

深夜，大街的庆典

失去了喧闹与飘香的美食街，制止了他们举杯祝捷的欲望。

文质彬彬的他们，也不忍心用大叫大嚷的鞭炮，来惊扰沉浸在美梦中的市民。

这一群自行车的队伍，兴高采烈地从印刷厂出来，怎么也压抑不住心中的狂喜。

多少人盼望已久的报纸创刊号，在他们的手中出来了，在这群年轻的记者、编辑的迫不及待的守候中出来了，怎能不找地方宣泄呢！

安静的城市接待了他们飞车的游行，没有红绿灯与岗亭的大街，任他们飞奔！

绕城一周！在平日是件累人的事。可在此刻，如果能绕地球一周，他们也不会感到疲倦。

古老而正在新兴的城市，理解着他们的狂热。

不过它还得看一看，在他们飞车掠过的土地，他们的脚步与笔头能不能也同样尽情驰骋……

（1988 年 10 月）

天　意

突然到来的暴风雨，把一对多年不遇的旧情人，赶到了同一个屋檐下。

身边，分站着两个家庭。

眼睛张开口说话，嘴巴却闭上了眼帘。

天啊！

该收起这场风雨的恶作剧，让劳燕从容两飞呢，还是尽可能地拖延时间，让这难得的重逢减少一点遗憾……

（1989 年）

沙漠也能淹死人

一位国家级专家，应组织部之邀，去参加人才战略研讨会。

邀请就参加吧，反正在家无事。那个“不”字，并不是那么好说出口。

他不用上班。上级划了一条年轻化的“杠”，就把他“杠”回家了。保障局却不给办手续，说是还得等三年才到退休年龄。

六层的楼梯，“登登登”几下就走上去了。尚未老迈的腿脚，回报他的是脸不变色心不跳。

啊，高屋建瓴的文件，高瞻远瞩的规划，高层云集的规格，同宽敞的会议厅的灯火一起辉煌。

铿锵有力的言辞，慷慨激昂的声调，激情澎湃的话语，同新出的音响设备的反响一样响亮。

啊，会场上洋溢着珍重人才的氛围，官员们闪耀着求才若渴的目光。

受到感染与鼓动的专家们畅所欲言，谈起了口号与实际，理论与实践，研讨与实施……

一位老专家说得兴起，感叹本地是人才的沙漠。

轮到这位还不算老的专家发言了，他只是说：“沙漠也能淹死人啊！”

——因为，他就是在沙漠里淹死的……

（2004 年）

半座城市挤在公共汽车上

半座城市挤在公共汽车上。

打工的与打卡的，读书的与教书的，看病的与治病的，管人的与被管的，买货的与卖货的，本地的与外来的，有时，还有扒手与反扒队员。

人挤得喘不过气，车挤得喘着粗气。于是播一曲轻音乐，轻轻遮盖。

不同品种的汗味，各种品牌的廉价香水味，不许吸烟仍存在的烟味，牛奶、豆浆与茶水味，菜篮装着的青翠及鱼腥味，盒饭里透出的美味或不美味，这些混合型空气，正是城市的味道。

许多话题在车厢里飘浮，从联合国大会到街巷间传闻，从爆炸性消息到娱乐性隐秘，从天气预报到鸡毛蒜皮。

坐着的并不一定按先来后到，站着的不分男女老少，不停地你下我上，一次次整合，轮换着洗牌。

豆蔻年华给白发苍苍让座，“对不起”向“没关系”道歉，也会有嘀咕与斗嘴，就如一阵风吹过，有些叶子间发生了摩擦。

常规性七拐八弯，突发性临时绕道，告诉着道路的曲折。有准备的红灯，计划内的堵塞，意料外的问候，走走停停是家常便饭。好在，也总会有绿灯招手。

啊，从凌晨到深夜，公共汽车总在废寝忘食，风雨兼程。

把半座城市扛在肩上，艰难地前行。

城市也在走走停停中，前行。

（2008 年 6 月）

凌晨两点的城市

回到我的城市，已是凌晨两点了。

城市从来没有这么辽阔。

夜色把许多炫耀都省略了。

楼群不再与楼群对峙。马路不再与马路交恶。汽车不再与汽车掐架。市声不再与市声争吵。

即使还有几粒不守规矩的霓虹灯在闪闪烁烁，也无关大局了。

车子终于能达到允许的速度。心情不再堵塞，连夜风也梳理着亲切。

我的城市睡着了。睡得那么沉稳，鼾声都没有打。

这时才显出了它的可爱。我从来没有看出它如此可爱。

要是总是这样，那就好了。

不过我知道它总要醒来。它不能老睡，它得吃喝拉撒，还得干活。

在白天挥汗如雨时，它的各种坏脾气就要发作了。

唉，带着它的许多毛病，还得往前走。

（2008年）

自行车被拒之门外

一辆自行车的来访，被门岗一个手势谢绝了。

骑车人甚觉惊讶。

他曾不止一次进过这个大门。每次开着小车进来，门岗的眼睛都开着绿灯。

他还亲见某些车牌号的车进出时，门岗甚至还肃立举手致敬。

只是为了倡导环保，他改骑自行车前来，不想竟享受到不同的待遇。

据理力争的骑车人激动地陈述。忠于职守的门岗坚守着上级的规章。

哦，以衣取人的岁月早已流逝，以车取人的规章又成了时尚。

骑车人很无奈。他知道大门里也不一定有自行车停放处，连大街上都找不到自行车停车点了，甚至连自行车道也已以城市发展的名义被汽车道取代。

在天空被更多的废气侵占时，开车人的神采飞扬与骑车人的面上无光相互映衬。

坚守理念的骑车人与坚守规章的门岗，就这样尴尬地相持。

是骑车人的尴尬，门岗的尴尬？

是自行车的尴尬，规章的尴尬？

也许，是人类的尴尬？

（2008年7月）

一条河得救了

人们在抢救一条河。

这条流过城市的河，心已变黑了。

不知是什么时候开始变的。那些还不太老的老人，念念不忘的，是儿时同鱼儿一起畅游的乐趣，年轻时在河畔人约黄昏后的浪漫。

如今它已奄奄一息，缓缓流淌的是腐臭的血。

深黑的河面上，清晰地倒映着高楼大厦的光鲜。

成千上万条下水道，还在夜以继日地向它发泄着见不得人的污言秽语。

人们在抢救一条河。

让沉睡经年的污垢得见天日，让肆意倾销的浊水到污水厂接受改造，要还这条河一个清白。

也许，还能续写鱼翔浅底的历史，倾听不断翻新的恋曲。

一条河得救了。

许多人也得救了。

不过，是先救了这些人，才救得了这条河。

（2008 年 7 月）

海滩茶馆的最后一夜

一湾僻静的海滩，一个彩霞渐隐的傍晚，一间即将关闭的茶馆。

一壶索然无味的茶，泡着几个索然无味的人。

墙上一个“拆”字打上了圆圈，红头文件限迁的最后日期，正是今天。

开发的浪潮已涌到脚下，城市的足音越来越近了。

天，不再会如此空旷。夜，不再会如此宁静。

浪，有节奏地拍打，不知是前进还是后退。

风，依依不舍地，拂过那些怀旧的心。

夜的幕布一点点拉紧，茶馆的最后一夜终于也宣告闭幕。

值得憧憬的早晨，是如约而来的朝霞满天，还是意料之外的乌云密布？

（2008年7月）

一个小区的诞生

这里原本是乡村。

有成片苍翠的树林，还有梳妆的风。

有讲解历史的山，和会唱歌的溪水。

城里人用一些许诺，让它也有了城市户口。

一片片灰色的森林，刷刷地拔地而起。只不过借道的风，只能艰难地侧身而过。

有了山，假的。

也有了树，小的。

有了一池没有浪花的水，只能照镜，不会歌唱。

一切喜欢用一个新字包揽。不过空气变旧了。

一条红绸剪开之后，用一圈围墙与外隔绝，凭卡出入。一个新的小区就这样应运而生。

从这个时候开始，星空般闪烁的窗口，就睁大眼睛向遥远张望。

乡村走进了城市，实现了它的向往。

城市眷恋着乡村，只有向往，无法实现。

（2008 年 7 月）

这片被囚禁的土地

这片土地被囚禁多年了。

没有高墙，没有大锁，也没有铁丝网。

就公开地晾在城市的身边。每一双眼睛都见得到它的荒芜，但都看不到捆绑它的那些绳索。

自从一个大红印章盖住一个大圈之后，这一片土地便停止种植了。

不种粮食，不种蔬菜，甚至也不种房子。

只种着荒草、污水，还有垃圾。

这片土地被囚禁多年了。

丢荒了多可惜呀，即使种粮种菜，也不至于浪费。

但种粮种菜种不出多少钱，比不上丢荒的效益。

这片丢荒的土地，一直在睡觉中增值。

这些年，房价的潮水在翻滚式上涨，城市的地皮却越来越少。而且越少越涨，越涨越少。

这片被囚禁的土地，在囚禁中身价又翻了几番。

不是有红头文件在管着吗?

有呀。不过有些管文件的人在耳热酒酣中心照不宣了。

那些从腐草丛间流出的肥水，正在月黑风高夜被分享。

（2008 年 7 月）

劳模家放不进市长的花篮

市长带着花篮来给劳模贺节。问候进了家门，花篮却挤不进去。

劳模的家太狭窄了，几张待客的凳都摆不下。

墙上站满了奖状与镜框，那是他披星戴月、废寝忘食，在下水道摸爬滚打的回报。

为了让城市的排泄畅通，多年来他钻遍了全城一半的阴沟。

市长没想到，这位全城拥戴的劳模，过得如此窘迫。

下岗的病妻捧出几杯热茶，待业的女儿挤出一朵笑脸。节日的和风被许多高楼阻隔，尚未吹到这里。

电视里正在播上午的颁奖大会。劳模接过市长颁发的大红证书时，黑白电视中显示的却是缺少色彩的苍白。

该由谁告诉市长呢？只有如此艰辛的人，才安于干如此艰辛的活；也只有如此艰难工作的人，才活得如此艰难。

轻松而来的市长，带一颗并不轻松的心回去。

他明白，劳模家中所缺的，并不是花篮。

（2008 年）

风决定着叶子的态度

同一棵树上长着密密麻麻的叶子。

看起来似乎都相同，其实没有一片相同的绿叶。

有的高高在上，有的垂头耷耳。

有的浑身镀满阳光，有的头上罩着阴影。

有的嫩滑得青翠欲滴，有的枯黄了爆满老筋。

啊，是风，决定着叶子的态度？

风和日丽时，它们相对无言。或许相互点头，互递微笑；或许面面相觑，相逢不相识。

狂风暴雨时，它们无一幸免地痛着同一个痛，悲着同一个悲，谁的脸上不挂着一样的泪水？

于是临危不惧，抱成一团，迎难而上，宁折不屈。以一个个血肉之躯，筑成御敌的堤坝。

心里回荡着雄壮的誓言：“我们万众一心……”

即使骨肉飘零，陷身泥污，也义不容辞，在所不惜！

风过雨息后，却又还原了往日的模样。

即使只有微风，也是叽叽喳喳，争论不休，摩擦个不停……

（2008 年 5 月）

古村的石墙

在遍地石头的古村，我看见一块块火山石，垒起了房屋的墙。

一律的褐色，带着远古的色彩，一直走到现在。

外墙很平整，刀切的一样。不规则的石块，不影响它们咬合的默契。没有泥灰的黏合，也似乎天衣无缝。

里面呢，却凹凸不平，显露出石块的天然模样。光线从石缝间漏了进来，整面墙被洞穿成一副筛网。

为什么会这样呢？

我知道，如两面墙都一样平整，要增加成倍的成本。

为什么不反过来？为什么不是内墙平整，好舒坦自己的目光还有心情。

不过事实就是如此。

从远古到现在，人们宁可委屈自己，却更在乎别人的观感。

（2008年）

骤雨似乎要追杀一个无辜的人

眼见着一片乌云压低了广场的空旷，正在赶路的那个人，连忙跑了起来。

骤雨跑得比他快。一块雨的方阵把他包围，把他笼罩，把他封锁。

一条条雨箭，在他的面前身后射落。

他不是孔明的草船，他不用借箭。可是那些雨箭似乎要追杀他，没有讨论的余地。

他从来没跑过那么快。他用疑似刘翔的速度，快得飞一样。

雨阵并不追击别人，也不追击别处，只严密地追踪他，袭击他。雨阵是如来佛的大掌，连孙悟空都跑不出，他别想跑得出。

只是两分钟，骤雨逃窜了。广场别处干爽着，只是他跑的一路，留下水战的后遗症。

淋漓尽致的他，抬头仰望低头思忖，不明白老天为何只跟他过不去。

坐在公交车上穿过广场的我，是这一现场的目击者。

车上的人惊讶地议论这罕见的现象。我不作声。

仗着强悍的势力去欺负一个无辜的人，我又不是没见过。

（2008年6月）

街　景

大街的中心，耸立着一道又高又长的栅栏。

就像界河主航道中间，一条不可逾越的国境线。

从街这边往对岸张望，所有的人物、景物都打上了条纹。

所有的风景，都瓜分得七零八落。

人们只得踩着秩序与规则行走。

前路茫茫。天桥与斑马线都找不到遥远的目光。

车流汹涌，优先跑在时间前面。

有车的人制订的规则，让更多的鞋底怨声载道。

一些人被逼得冒险偷渡，翻越或钻爬。

不是被车祸捉住，就是被道德捉住。

有一次，一对久别的情人在惊喜中重逢。

隔着一条银河，用激动的手势喊话。

近在咫尺啊，竟然无法牵手。

不知要不要等到七夕，才能相会在鹊桥……

（2011年12月）

空椅子

这把椅子一直空着。

它与围坐大圆桌的其他九把椅子，又同又不同。

相同的都是椅子，不同的是它的位置。

正对墙上的大彩电，被称为主座又叫首席。

拥簇着众多的目光与祝词，及所有酒杯的向往。

许多人都想坐，又不敢坐。

都是有身份的人，无须安排，各自坐准了自己的椅子。

坐错了座次要犯忌的。

如果不懂规矩地乱坐乱撞，也许下次连椅子都没有了。

这把椅子一直空着。

据说要坐这把椅子的人，迟迟没有出现。

可能什么时候会突然驾到，可能就这样虚位以待。

也可能有许多椅子轮着等他去坐。

直到所有菜都上齐了，快冷了；直到所有酒杯，终于高高举起——

这把椅子仍在空着。

一直空着。

（2013年1月）

这一天的书店

往日鸦雀无声、水波不兴的书店，一些人突然改变了态度。

蜂拥着，澎湃着，欢呼雀跃。

争先恐后，抢购一位刚刚获得诺贝尔文学奖的中国作家的著作。

回到家，才恢复了一颗平常心。

安静下来，以书店的潜规则约定的姿势——

捧读。

或者不读。

（2012 年 10 月）

到果园摘荔枝

路过五月的风，据说给荔枝园带过什么口信。
所有的果子，都羞红了脸。
一个个笑涡里，储满了蜜。

闻风而动的城里人，风一般涌进果园。
兴高采烈，争先恐后，迫不及待。
一边动手，一边动口。
越是缺少什么，就越想得到什么。

（2013 年 5 月）

椰林寨与高跟鞋

记得那年一双高跟鞋走进椰林寨。

作为南霸天的什么亲戚，走进上世纪三十年代的高宅大院。

坎坷的泥巴路，不可能与高跟鞋配套。

让银幕上下的哄笑声，不可避免地，看到了它陷进泥坑。

被不合时宜的年代，崴了一下脚。

如今椰林寨满街都是高跟鞋。

把水泥路敲得天响。像鼓点，像马蹄的打击乐。

却没有留下印痕。

农家乐的村姑，城里来的女游客，似在比赛谁的步子轻盈。

谁更亭亭玉立，谁更花枝招展。

椰林寨——生态村——旅游点。

高跟鞋也是一件展品。

（2013 年 7 月）

船木家具

退休老船长从大海归来，把退休老船木带到城里。

本已被人丢弃的废材，又以桌椅、沙发、茶几、床架的姿势重返社会。

让他波澜不惊的生活，回到波澜壮阔。

这些老船木，粗犷、质朴、敦厚、坚硬、沉重、踏实，人见人爱。

被船钉打穿的洞窟，亮着乘风破浪的见证。

被绳缆勒出的疤痕，刻着战天搏海的光荣。

听惯惊涛拍岸的人，要收藏意气风发的回忆。

未见大风大浪的人，来欣赏有声有色的人生。

据说这些老船木家具，价钱很贵。

这不奇怪。

经过了惊涛骇浪的检验，它有了不同寻常的品格。

（2013年8月）

大雨冲刷的大街

一场大雨，把大街冲洗得干干净净。

把斑马线的灰底白条冲洗得更加清醒。

冲走了大雨到来之前，闪电一般划破长空的一声尖叫。

冲走了曾与灰底白条混为一谈的一摊鲜红。

冲走了受难者的身影及围观的一圈怜悯与叹惜。

连那辆横行霸道的肇事车作恶及逃逸的痕迹，也一起冲得无踪无影了。

一场大雨过后，大街恢复了平静。

一切都过去了。横冲直撞的车流，照样骑在斑马线上擦肩而过。

好像什么事都没有发生。

只有目击了这一幕的行道树，默默肃立。

叶子上盛不住的泪水，不断地，滴落下来。

（2013 年 11 月）

一辆车翻倒在水沟里

一辆小车，躺在水沟里。

黑色的臭水，把红色的车身衬得鲜艳夺目。

头上是立交桥，两岸是马路。

水沟两边，蜂拥的人头。

我挤进来时，看到所有的脸上，挂满叹号与问号。

四只车轮朝天，车身泡水，一道车门开着。

重要的是人，到底怎样了？据说，女司机与一个小孩，已被救护车拉走。

不知这辆车，是从立交桥上跌落，还是越过路边的花坛冲出的呢？

不管怎样，悲剧已经发生了。

围观的人，终于慢慢散去。

留下那辆触目惊心的车，一盏红色的警示灯，亮在臭水沟里。

路过的车，似乎心情沉重，不声不响地，都在慢速前行。

我的心，也被那辆车压着。过了一个星期，才讲得出来。

（2014 年 1 月）

烤红薯小摊站在街头

听久不回家的农民工的，你可吃到喷香的乡愁。
听戏曲《七品芝麻官》的，你可吃到正直的感叹。
听联合国教科文组织的，你可吃到第一名的营养。
听多情的诗人的，你可吃到新鲜出炉的作品。

一个流浪儿站在远处，望了半天也挪不开脚步。
听到他好像在说：让我吃一个，全家就不饿了。

（2014 年 2 月）

一棵树

从乡下走来。只因长得人高马大，安排在机关大楼的门前。

绿化了城市的天空，引来几许赞赏的目光。

一些同样从乡下走来，却在街道上找不到位置的树木，不由得暗叹起自己的命，还有失落的运。

大树却有自知之明。它们的差别，只是一百步与五十步。

它知道自己只能站在门口，却进不到大楼里去。

没有那本户口簿呀，你就当不了楼里的人。

只能当保安。

（2014 年 3 月）

婚纱照

把幸福定格在海边。

一场浪漫的青春偶像剧就这样开拍了。

阳光、沙滩、大海、椰林……故事的背景一幕幕变换。

长裙与燕尾服，旗袍与立领，大襟与唐装……古今中外的服饰一套套换装。

不换的，也绝不能换的，只有男一号与女一号。

只有眉来眼去与眉开眼笑。

难以平息的心潮与海平面一同起伏，渐次升涨。

坚定的礁石与爱不释手的心愿一道，向往永恒。

真像做梦一样。

是的，梦想并不是指做梦时碰到的妙境，而是难以想象的美遇让你激动得总是无法入睡。

以致多少年后从记忆中走出，仍然美妙如梦幻。

摄影机把此情此景收进粉红的相册。

供主人公百看不厌。

即使日后有雾霾密布，狂风暴雨，只要打开曾经拥有的这一刻——

　　就会看到当时海边的空气：

　　清新，透明，没有杂质。

（2014年3月）

车过潭门大桥

似乎一眨眼就飞过去了。

海湾、船帆、楼群，在眼底一闪而过。一个念头在心间一闪而过。

博鳌亚洲论坛与千年渔港，就连在一起了。

两座风情小镇，就这样手相牵，心相连，情相共，美相伴。

让游人、旅人、客人、商人、情人，兴高采烈地来来往往。

一百九十三米的桥，不长。一百米的海湾，很窄。两座小镇，也只隔着十分钟。

这座桥却在人们眼中建了十年，在人们心中搁了十年。

半拉子断桥在海湾中坐着，不肯上岸。

我也曾多次来到桥头，被一些拦路的石头告知此路不通。

只能在岸边望海兴叹，望桥兴叹。

不得不多花三十分钟，绕行十公里村道。

据知不是桥不愿上岸，是一些人的风水意识不让它上岸。

把那些心上的石头搬开，竟也要十年的时间。

如今好了。一道彩虹飞架海上，是如此之美。

如果世界上所有江河湖海都有一桥飞架，该多么美。

更不要说世界上所有的人心都能一桥飞架，该多么美了！

（2014年4月）

关于采沙船一案的搁浅

采沙船没日没夜扯开嗓子大吼，招呼沙子们赶快上船。

想进城的沙子太多了。有些在深水里埋没太久，有些嫌污泥作伴浑身泥泞。

洗脚上船的沙子们，带着梦想顺流而下。也许得其所哉，也许到处流浪。

采沙船把一条河挖得千疮百孔。连堤岸边、桥脚下的沙子也不放过。

它只想去填充永不满足的洞壑。

哪管你桥崩，堤决，泪奔泪流。

一条河早已怨声载道。过路的风一次次传送举报的风声。

轮流值班的太阳与月亮并不是不知道。

却高高在上，睁眼说瞎话，竟说没有看见。

（2014 年 4 月）

无腿之歌

无腿的歌者在天桥上与生活对唱。
欢乐的歌儿，离地面太远了。
用一些硬币，才拉得回来。

（2014 年 6 月）

风，雨，人

风在风着，雨在雨着。
那个把乞讨者赶出酒店门口的人，
并没有人着。

（2014 年 6 月）

街　角

盲人音乐家拉响生活的颤音。

一位乞丐从破衣袋掏出一枚硬币。

几个旁观的人，袖着手偷笑。

（2014 年 6 月）

球　赛

足球赛是一场大戏，但没有剧本。

有导演，有演员，有成千上万的观众，就是没有编剧。

谁也不知剧情如何发展，也不知道故事怎样结局。

或胜，或平，或负，只有三种可能。但谁也无法预定是哪种可能。

因为一切皆有可能。

胜还有大胜、险胜，败也有小败、惨败，平也有惜平、憾平。

什么事都可能发生。因为足球是圆的。

这场戏也没有固定主角。谁都可能一不小心就成了主角。

主角有时是射手，有时是门将，有时却是裁判。

有的上一场破营拔寨的英雄，这一场却成了一无是处的流民。

本想当星光闪烁的男一号，无意中却只能扮演了路人甲。

也会有初出茅庐的一战成名，也会有多年的配角终于上位。

也会有一世声名毁于一旦。

故事千变万化，剧情瞬息万变，机遇稍纵即逝，转折随时到来。

就看谁能扼住命运的咽喉。

没有剧本的大戏，才是好戏。

不知情节的故事，才有更多故事。

世上开头就知尾的故事太多了，被安排好结局的大戏太多了。

怪不得，数以万计的人涌到球场观看，数以亿计的人守在电视机前，夜以继日、晨昏颠倒地观看。

看得欣喜若狂，看得啼笑皆非，看得不知今夕是何夕，忘了自己是谁人。

（2014年7月）

人物廊

博鳌的微笑

一位博鳌小姐在亚洲论坛会场上，向着各种肤色的来宾微笑。

她亭亭玉立，用开放的姿态与流利的英语，同世界交谈。

她那花样的微笑，同她花样的年华，同这花样的博鳌一起，赢得了世界的赞叹。

在这个叫做博鳌的地方，在这个融江、河、湖、海、山麓、岛屿于一体，集椰林、沙滩、奇石、温泉、田园于一身的风光如画之处，正举办博鳌亚洲论坛。

而博鳌，几年前还只是海南岛万泉河出海口，一个默默无闻的小镇。

同样默默无闻的这位博鳌小姐，那时还是一位渔女，随唱晚的渔舟网起时光与梦幻。

如今，她用那可掬的微笑，展示博鳌的仙姿，海南的热情，中国的希望。

她知道，就在这会场，亚洲正在对话，政要正在会晤，学者正在交流，亚洲正向世界发出自已的声音。

她明白，她的微笑也是一种声音。

它是敞开大门的坦荡。它是充满自信的舒畅。它是表露友情的爽朗。它是永远有效的邀请。

她面对世界发出的微笑，是一朵不会凋谢的鲜花。这是她对日新月异的回报，对美妙明天的向往，这是那走向世界的心愿……

（2003年）

娘子军老兵与年轻的白鸽

她至今不会跳舞。那出震撼世界的芭蕾舞，舞的是她们的精神。

她那时不会唱歌。那支响彻云霄的“连歌”，唱的是她们的心声。

歌中的娘子军，舞中的娘子军，只是她们的化身。

她当年的伙伴，那些肩挎一杆枪，背上竹笠帽，头戴红星八角帽，身穿灰布红军装的姐妹们，大多已化成雕像站在城市的十字街头，英姿飒爽地向着历史与未来张望。

现在，她和几位幸存的姐妹，穿过七十多年的烽烟，坐在万泉河边红色娘子军纪念园的宁静里，坐在一大群围绕着她们的年轻的白鸽的盘旋与翔舞里。

菊花般盛开的是一脸的笑纹，展示着今日的满意与满足。

沟壑般雕刻的是一生的坎坷，掩不了岁月的残酷与艰辛。

比电影更真实，比歌舞更饱满，比传说更可信，比一切艺术品更活灵活现。

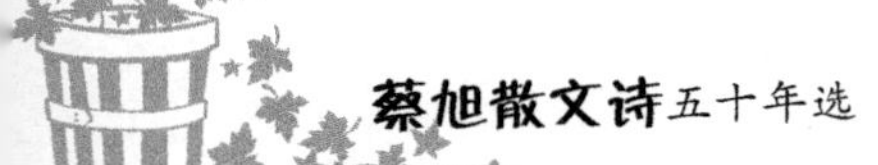

锁链早已砸碎，枪杆已经交班，号声也已飘远。她与她的老姐妹成了纪念园里活生生的展品，讲述着活生生的昨天与今天，战争与和平。

白鸽在她头上与身边缭绕。缭绕在她耳边与心间的，是她四十多年前才学会，并已超越时空的歌声："向前进，向前进……"

（2004年）

黎妹走上T形台

一位黎族小妹，走上了模特大赛的T形台。

你从五指山的密林中走下来，走出了黎家姑娘的英姿与风采。

你从射灯般的期盼中走上来，走进了全场狂热的惊喜与喝彩。

是五指山的高昂，锻成了亭亭玉立的骨架吗？

是万泉河的清澈，养育了洁白红润的肤色吗？

是热带雨林呼吸的清新，熏陶出俊俏动人的容颜吗？

是黎家村寨歌舞的优美，造就了婀娜多姿的身姿吗？

更令人称羡的是你那双腿，那修长的腿，那健美的腿，是山间小路的奔跑，是山泉溪涧的跨越，是槟榔树上的攀登，而修炼出来的吗？

自从路过山寨的模特教师见到你的第一眼，她就庆幸不虚此行了。

自从跟着她扭扭捏捏伸出了猫步的第一步，你就决心不走回头了。

走啊，走出青春，走出活力，走出本色的朴实清纯和时尚的新潮新鲜；

走啊，走向舞台，走向梦想，走向大赛的一举成名和人生的五彩缤纷……

在惊醒与惊奇中，在惊喜与惊叹中，你用踏实而又轻盈的步子，走出了流行色与流行曲，走出了即将广泛印行的甜美与欢笑。

好一个黎家妹子，从深山老林走出来，就这样跟上了时代的脚步！

（2003 年）

唧水筒喷出了彩虹

一支唧筒向着空中喷射，在灿烂的阳光下，那美妙的弧线闪耀着绚丽的七彩。

一个黎家小妹妹用它喷射着欢乐的童年，喷射着平日的无忧无虑和今日的狂热狂欢。

今日是黎族、苗族的嬉水节啊，全城的男女老少都用七仙岭的温泉水，洒着吉祥，喷着祝福，泼着幸福安康。

花车的队列在大街上巡游。那些锣鼓喧天的车，花枝招展的车，载歌载舞的车，向大街两旁人头攒动的峡谷喷射着他们的欢乐。狂热的观众用碗勺瓢盆，用脸盆水桶，回报以更多湿淋淋的祝愿。

这个身穿黎族服饰的小妹妹正坐在她家的牛车上，载着爸妈的安详与阿婆的慈爱，载着山间野花野菜的清新，载着香蕉、西瓜与红毛丹的甜美，随兴高采烈的老牛在大街上行进。

这辆充满创意的花车，在节日的大街上摆设了黎家新生活的流动展览。

小妹妹的唧筒在不停地喷射。她的身旁放着大水桶，放着无穷无尽的源泉。

她的脸始终调皮地嬉笑着，她的头不时机灵地躲闪着。在嬉笑与躲闪中，在喷射与承受中，她和成千上万的人们交换着快乐，交换着满足与憧憬。

绚丽的彩虹在天空中闪耀，在灿烂的阳光下，一支唧筒在讲述着黎家的童年。

（2004 年）

永远闪亮的胶灯

头上闪的还是那盏胶灯，手上挥的还是那把胶刀，甚至盛放胶乳的也还是那只胶碗……

女胶工同她的妈妈，那位三十年前的女胶工，似乎没有什么两样。

当然，草棚早变成了单元楼。红薯汤变成了香米饭。一身蓝灰黑变成了五彩缤纷。屋檐的大喇叭，也变成有声有色的彩电了。

萦绕在嘴边与耳边的，也不再是“红太阳”，而是“我的心”了。

灵巧的手机，把遥远拉得很近很近。

街头的网吧，把眼光联得很远很远。

不过，女胶工同她的妈妈，面对的却仍是同一片胶林。

一样的山，一样的路，不一样的人，仍然一样的树。

那些老当益壮的胶树同它的儿女，汩汩涌流的是一样洁白的乳汁。

胶灯划过的，是一样的黑夜或月光；头上顶着的，是一样的曙色或雨晨。

熟能生巧的，是一样的刀法与纹路；留给岁月的，是一样的树痕与心痕。

写在脸庞的，是一样的疲惫与振奋啊。

挑在肩上的，是一样的责任与希望！

许多东西已变了，而许多东西没有变。当闪闪的胶灯，划破一个又一个同样的夜空时，年轻的女胶工同她的老胶工母亲一样明白：有一些东西用不着改变……

（2004 年）

施工队长升任爸爸的一刻

这是什么时候了？还安得下心对着图纸，看呀看。

图纸是他的妻子，大楼是他的儿子。施工队长天天看着图纸，一幢幢大楼就在他的眼中他的手中生出来了。

而他的儿子迟迟未生出来。

此时已是凌晨，妻子躺在工地旁的竹棚里惊心动魄地呼喊，助产士紧张地守候着一个新生命的诞生。

施工队长却坐在房外的路灯下，照样对着一张图纸，看呀看。

他就镇定如石？他就血淡如水？他就心硬如铁？

那张总摆不平的图纸，却遮不住慌乱的眼神，尖利的耳朵，和打桩机般颤动的心。

一声惊天动地的哭啼，划破了黎明前的黑暗。

猛然从图纸上跳起，他终于跑进房门，突破了手足无措与心神不安。

又一幢大楼在晨光中升起。

一块石头落地。他承认，这是他最在意的作品。

（2008 年 6 月）

足下生辉的擦鞋妹

不仅让别人的足下生辉，也让自己的足下生辉。

擦鞋妹在绿阴下摆开档口，第一要务是把自己的皮鞋擦得油光发亮。

无字的招牌，呼唤着高涨的回头率。那些从身边走过的脚步与自行车，都不由得伸出鞋来，暗自对比。

无言的广告，展示着工作态度、工艺水平与质量鉴定。一尘不染的样品，很让人放心。

啊，细细地擦。像爱惜自己一样，去厚待别人。

啊，轻轻地擦。像对顾客微笑一样，也对自己微笑。

擅于把别人的鞋擦得像自己的一样亮。也敢于把自己的鞋擦得同别人的一样亮。

哦，绿阴下一群蚂蚁运输队，搬运着艰辛与幸福，从行道砖的夹缝中走过。

她知道自己也是一只蚂蚁。

不过，只要这样擦下去，也能擦亮自己的生活。

（2008 年 7 月）

那个送快餐的人

那个送快餐的人，走得很快。说话也快，收钱的动作也快。

时间不等人啊，不属于自己的时间更不等人。

用一辆旧自行车沙哑的铃声，在城市的繁华中钻进钻出。繁华也不属于自己。

像一条鱼，在雨水中游，在汗水中游，在涨落不定的市场之潮中沉浮。

升上三十层高厦，在一间间挂着很大名气的公司门外，轻轻地敲三下，再三下，或更多的三下。

爬上不安电梯的楼宅，在那些没有钥匙的门外，忍着不喘出声气。

一个个饭盒里飘出的有名或无名的香，美化着一张张按时踱来的脸。

这也与他无关。他的那盒清白，在店中排在所有队伍之后。

忽然有一天，有客人想起要问他的尊姓，他以工装上餐馆的大号作答。

在这个别人的城市，他几乎无须使用自己的姓名。

日复一日就在密如蛛网的大街小巷跑呀跑呀，把姓名、性别、籍贯、年龄都快跑丢了。

还整日挂出规定的笑脸。

似乎忙碌的蜜蜂，真的没有悲哀的时间。

（2008 年）

蹲在市场角落卖蛋的母亲

以下蹲的姿式，她守在菜市场角落的蛋篮边。

市场里没有她的摊位。只因她租不起市场的摊位。

早逝的丈夫，读小学的女儿，压偏了她命运的天平。

卖蛋的天平却坐得很正。她卖的那些土鸡生的鲜蛋，不会有混蛋，更不会有坏蛋。

出于尊重？或许只是为了实惠，顾客们躬下身来，或用她一样的姿式，蹲着与她对话。

蹲在菜市场的角落里，进行着数量、质量与价格的讨论。

一些熟客，同她互递着关切与温暖。

交换着信任，还有被信任。

一日又一日，一年又一年，她就在这一个角落蹲着。

如同一只不知辛劳的母鸡。

以下蹲的姿式，她为那未成年的女儿，孵化她的希望。

（2009 年 5 月 10 日，母亲节）

不穿白大褂的天使

一艘船折断了风帆!

当一位四肢突然不能自理的人躺在病床上苦诉时，她的心也传染上了苦痛。

她没有白大褂。她无法用点滴、针灸、汤药，去按摩他的病情。

她是医院的记账员。她心中有数，她可以用她的爱心，去按摩他的心灵。

送他一本《快乐是最好的医生》，题赠上不能让热血与希望凝固的诗句。

给那艘被生活打得焦头烂额的小船，撑起了人生的风帆。

甚至撑起了诗的风帆。

他从病床上坐起，从病房中走出。

他想到写诗。面对着真、善、美，不得不写诗。

用仅能挪动的左手画出他的感恩。

而她，延长了他的手，帮他打印、邮寄。

让他的诗，在报刊，在网络上到处飞扬，感动着我，还有成千上万的心。

于是，我的面前，出现了一位天使，一位不穿白大褂的天使。

不是所有穿白大褂的都是天使，也不是所有天使都穿白大褂。

不穿白大褂的天使，她，就是其中的一位。

最美的一位。

（2011 年 7 月）

躺在大桥下的流浪者

立交桥下的灯亮如白昼，照得他无处藏身。

还是在疑似光天化日下，躺了下来。

不在这里，还能到哪里去呢?

外面，无孔不入的风，要撕咬他漏洞百出的衣裤。

如鞭如箭的雨，会抽打他惊弓之鸟的梦呓。

只能蜷缩在几张形势大好的旧报纸上。

用最习惯的姿态，在娘胎时的姿态。

不时有行人在身边穿过。

互不干扰，也互相忘记。

外面，有万家灯火在八面埋伏。

他不用回避，也不必寻找。

不是自己的东西，保持一定的距离。

（2012 年 5 月）

刷墙工在空中舞蹈

一根缆绳，把一条生命系得很紧很紧。

从十二层楼顶吊下来，在空中表演绘画、舞蹈和杂技。

背景是蓝天白云，脚下是绿树红花。

凶猛的阳光，把气体蒸成了液体。

没有配乐伴奏，没有带乡音的歌唱。

只有挥动刷子的舞蹈。无声的舞蹈，似是聋哑人的舞蹈。

或者说，更像是高难度的杂技。

这舞蹈没有蹬踏，没有蹦跳，没有旋转，更不允许翻腾。

坐在晃荡里，只有上肢的动作，手的舞动。

缆绳上下升沉，刷子左右挥舞。惨白的楼墙，一片片刷成粉红。

墙的脸色在舞蹈中顿时红润，神采飞扬。

此时，我正在楼下路过。不由得久久伫立，抬头仰望。

望得目瞪口呆，望得惊心动魄。

按说，一切的设施与设想，都有足够的保险系数吧。

但是我还是深深地祈望。

祈望那根生命的缆绳系得很紧很紧。

祈望那只让楼墙容光焕发的彩色的小桶，盛的——

只能是涂料，而绝不能是鲜血……

（2012 年 7 月）

晨运老人在公园放歌

“掀起你的盖头来……”

一曲浑厚而嘹亮的歌声，穿过街边公园的绿阴与草坪。同朝阳一起，来到我的面前。

他不是想掀起我的盖头，也不是真的想掀起歌中那位美丽姑娘的盖头。

只是掀起了他自己的盖头——

一位年纪与我相仿的老头。球鞋，短球裤，一件湿透的汗衫拿在手中。

汗淋淋的上身，亮出了他的写真。

看来是晨运归来，带着一身朝气与心满意足，情不自禁地吼起了歌，王洛宾的情歌。

他旁若无人，也无须顾及旁人。

也许淋漓的大汗还不足以流淌他的自由与自在，他需要放飞他的心情。

他歌唱着，也宣告着，生活是如此简单，快乐是如此简单。

“掀起你的盖头来……”

老头唱着歌，迎面而来，侧身而过。

却把我停留在他的歌声里，不由自主地流出我的羡慕。

真想像他一样，自在地坦白自己的身子。

更加自在地，坦白自己的心情。

（2012 年 7 月）

扛摄像机的人

跟明星最接近的人，就是他了。

那些政治明星——领导，经济明星——老板，娱乐明星——偶像……

一个个走入他的镜头，又走入大众的眼球。

一个个跟他那么友好，那么亲近。

一个个对着他眉飞色舞，眉开眼笑。

他总是走不进镜头里去。

总是在镜头外面，扛着机子在跑。

争分夺秒地跑，没日没夜地跑，汗流浃背地跑。

留下别人的笑容，把自己的笑容跑丢了。

那个台风暴雨之夜，荧屏上出现领导顶风冒雨，蹚着齐膝深的水去察看灾情。

市民们有点喜出望外，感叹着：这个公仆辛苦了。

却同样看不到，在同样的风狂雨骤中，在同样齐膝的深水中，

同样也站着他——

一个扛摄像机的人。

或许，只因这是他的工作。

好像领导的工作就不是工作。

（2012 年 7 月）

谁知道他或她的模样？

谁也不知道他或她的模样。

因为谁也顾不上他或她的模样。

只顾住站牌下遥远的伫望，挤进车门的匆忙；

顾住摩肩接踵中的立足之地，摇晃中抓住的椅背或吊环；

顾住变幻中突然现出的空位；

有时，还得顾住提包与口袋，提防看不见的第三只手的探访……

谁也不知道他或她的模样。

因为谁也不理会他或她的模样。

也没有想到有这个必要。

不理会他们是高是矮，是胖是瘦，是老是中是青；

甚至不理会是男是女，更不理会他们的姓名。

有一次我站在他的身边，才有机会关注他的真相。

上衣口袋的那包烟，他不能打开。

面前一杯水，停站时才喝一口。

等红灯时，才咬几口已经冷硬的包子。

一个来回就两个钟头呀，他何时才能站起伸一下腰？

又在何地，才可跑步上一次卫生间……

他们为我们搬运时间、地点和心愿。

把我们放在心上，把全车的生命放在方向盘上。

我们却不想知道他或她的模样。

就算我，也只是记着一个面目模糊的身影。

知道叫做公交车司机——一个许多人共用的姓名。

（2012 年 7 月）

一位残疾男的婚礼

本来他应冲到鲜花拱起的彩虹门，把他的新娘抱上台来。

大家看到的是，岳父牵着女儿上台，把一朵今天最美的花，交到了他的手里。

我知道，许多人都知道，他那条伤残的腿。那是同小儿麻痹症生死搏斗的一次惨胜，抢回的战利品。

他跛着一条腿，划过如水的岁月。

划过毕业证，划过营业证，划过数不清的奖状与口碑。

划着一条破损的船，把书籍与爱心，送到全省最边远的山区小学。

载着北京的，广州的，香港的大学生，到没有航道的山沟，支教与扶贫。

也曾有青梅竹马与他一起划船。后来，以不难理解的原因，划向分岔的航线。

因此，当新娘清晰地回答："我愿意！"婚礼大厅顿时回荡起一波波海潮拍岸的欢呼。

团团而坐的一张张大桌，不断加位。

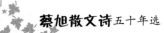

他帮助过的人，涌来把庆贺作为回报。赞赏他的人，频频用举杯表示祝福。

我走到主桌表达敬意。在与他的岳父碰杯时，我情不自禁地赞叹："这女婿很不错！"

那位泰山大人点头："我知道。"

是的，他肯定知道。

不然怎么会把如花似玉的女儿，放心地交到新郎的手里？

（2013 年 7 月）

卖甘蔗的人

这条街，拥有最多甜蜜的人，就是他了。
这么多甜蜜，却没有独享。他根本就不享。
摆在街边公园的路口，默默地邀请路过的目光。
一根根递送，一截截递送。
只把甜蜜的后遗症，那些果皮与蔗渣，留给自己。
不收拾好渣滓是不行的，红袖章会来过问。
尽管谨守十条规矩，有时城管也来驱赶。
只有那捆蔗越来越少，脸上才会有一丝的甜意。
如果碰上风雨天，也只能在心中吞下苦味。

当公园的灯光暗淡下来，他扛起剩下的甜蜜黯然离去。
并不是不愿品尝手边的甜蜜呀。
还得留待明天，用它去换取家中——
并不甜蜜的生活。

（2013 年 9 月）

挑担卖果的老妇

一挑岭南佳果，随一根扁担在僻街小巷晃荡。

躲过了城管的追赶，却躲不过大雨的追赶。

劈头盖脸的大雨淋下，让她额头的沟渠水流丰盈。彩色缤纷的草莓、龙眼、木瓜与剖开的菠萝蜜的脸上，也挂着眼泪。

蹲在人家的屋檐下，惊魂稍定，就向同在檐下躲雨的路人，不失时机地推销。

价格很便宜，也不易打动那些冷淡的心。

也许出于同情，终于有人愿意向她的小本经营，投资了几块钱。

在雨幕下，在讨价还价中，她习惯成自然地，完成了一次短斤少两。

（2014 年 1 月）

搂着空气跳舞的人

他搂着的那个人，到哪去了？

只见他，搂着空气跳舞。

搂着街边公园浮动的花香，搂着灯月交辉温馨的夜晚。

在双双对对旋转的人影中，只有他形影相吊。

优雅的姿势，潇洒的舞步，踩在乐曲的点子上从不错乱。

看不到他的表情，只看到他的陶醉。

他搂着的那个人，到哪去了？

也许早就走了，也许就没有来过。

也许他搂着的是过去或者未来，只是人们看不到。

那晚我路过公园，被他牵住了脚步。

开始觉得很可笑。

看着看着，再也笑不出来。

（2014年3月）

射　手

那个球迷奉之为神的人。

那个令对手门前翻江倒海、天翻地覆的人。

那个穿插、突破、头顶、脚踢，连脚后跟也长着眼睛的人。

那个令对手心惊胆战的人。

那个能一剑封喉、一箭穿心，甚至梅开二度、连中三元的人。

那个势不可挡、防不胜防，只能叫对手不惜让他皮开肉绽、伤痕累累，甚至饮恨离场的人。

那个有许多毛病的人。

那个很独很粘球，失误频频，一次次错失机会的人。

那个有时全场几乎九十分钟、一百二十分钟碌碌无为、星光暗淡，却在最后的关键时刻，一击致敌于死命的人。

那个有时似乎毫无建树，却让对手忌惮得两人合围、三人包夹，牵制了大半防守精力，而扯出空当让队友轻松建功的人。

那个如果容不下他的暗淡，也就不会有他的光芒；如果忍不了他大半场的平庸，也就不会有他最后的精彩；如果看重了他的毛病，也就不会有化腐朽为神奇的结局，的人。

一个团队，少不了这样的人。

这个世界，多么需要这样的人！

（2014 年 7 月）

门 将

为强队守门当然好。

即使被笑称为最游手好闲的人，毕竟也能分到一份得胜的荣耀。

不过，弱队出门神。

在对手的狂轰滥炸面前，力保大门不失，更能体现神的价值。

翻滚，飞腾，鱼跃，扑击。化狂风暴雨于无形，拒风声鹤唳于门外。

就算灰头土脸，头破血流，鼻青脸肿，伤筋断骨，为了胜利也在所不辞。

一夫当关，万夫莫开——这是最高的奖赏啊。

壮丽的戏剧，激情的诗篇。

当然，不是一个人在战斗。对方有十个人进攻，己方也有十一人防守。

只是，不怕神一样的对手，就怕猪一样的队友……

——那些“乌龙球”，都是被自己人踢进门的。

（2014 年 7 月）

天桥上的演奏者

把一条腿盘坐在天桥的地板上，用两根弦拉响生活的颤音。

正是张灯结彩的日子，所有的曲子也跟着张灯结彩起来。

那些欢乐的音符在空中飘荡，很想和天桥上下的气氛打成一片。

他似乎很投入，很想品尝别人的生活。

我走过天桥时百感交集，听出了夹杂的悲凉。

他用曲子，展示了别人的生活。

却用场景，展示了自己的人生。

（2014 年 10 月）

陌生的熟人

在我们擦肩而过时，他停下脚步，送来一些注视。

我也停下来，似乎认出了旧友。

他点点头，如释重负。我顾不上搜索记忆，忙回赠微笑。

真想不到，在这个陌生的城市，竟也有熟悉的人。

不过我不知道是什么时候与他相识，想不起在什么地方曾有过交情。

用不着寻根究底，我只享受瞬间的愉快。

这时他回头走来，其实他是陌生人，不可能来同我重温旧谊。

只不过来告诉，刚才曾有第三只手，差点伸进了我的挎包。

原来就在同一时刻，我引起了两个人的关注。

在陌生的城市，同时出现了两个陌生的熟人。

一个用陌生的提醒，递过来熟悉的温暖。

一个用陌生的意外，伸出了熟悉的手段。

（2014 年 11 月）

轮椅上的飞奔

一个骑着两个轮子奔跑的人，跌坐在轮椅上。

都是两个轮子。往日两只脚踏着它飞奔，如今两只手按着它散步。

他是在飞奔中跌倒的。

不飞奔，就不会跌倒。甚至飞得稍微慢一些，也许也不至于跌倒。

可是他不。他知道，快递的责任，就是尽快让一颗心到达。

即使坐在轮椅上，他的心仍然在飞。今天安静地坐着轮椅，就是为了明天照样疾飞。

给钟上紧发条，给心上紧发条。今天让两条伤腿同时间赛跑。明天，就能让快件同时间赛跑。

不是为了别的，不是为了博得喝彩，或者换得广告。

讲得大些，是为了客户的等待。

讲得小些，是不得不，为三双筷子和一只书包。

（2014年12月）

椰 风 吹

海瑞墓在辨认

不只黎民百姓来凭吊海青天。

各朝达官贵人的足印，也几乎盖满了四百年。

问甬道旁肃立的石人、石马、石狮、石羊，哪个不阅尽了虔诚与虚伪？绝不会忘了，那些敲骨吸髓的来歌颂清廉，构陷冤狱的来标榜正义，卑躬屈膝的来表白为民请命……

即使这短短的二十年间，忍辱负重的石龟和堂堂正正的石碑，也洞透了世事的纷纭。

那十年，拜海瑞的有人又来砸海瑞。

这十年，砸海瑞的有人又来拜海瑞。

也许，有的是无知、盲从；也许，有的已忏悔、深省。也许，并非没有人只是为了演戏的逼真。

公仆们在门外跳下小汽车，走进了庄重与肃穆。“粤东正气”的牌坊和民心一齐瞩目，辨认着：哦，这是真诚，那是冒充……

（1986年）

椰 颂

不仅摇曳成一幅幅风景，而且站立为一页页历史。

在五公祠站立，在东坡书院站立，在海瑞陵园站立……

站在红色娘子军雄壮的连歌中，站在李硕勋壮烈献身的血泊里，站在琼崖纵队二十三年不倒的红旗旁，站在千帆渡海那迎接的队列里……

站在古往今来的史册上，挺拔成一首首正气歌！

站在每个母亲的期望里，孕育出一代代海南人！

（1990年）

三亚诗会

许多人为三亚而来。

海外的来看祖国，内地的来看特区，北方的来品尝阳光凶猛和甜蜜芬芳的热带，山城的来见识无限透明又无限深奥的大海。

许多人为诗而来。

揣一颗诗心，带一双诗眼，来寻找诗的踪影，来种下诗的新绿，来交换诗的信物，那些颤动的欢乐与伤悲。

我却为会而来。

来会那些德高望重又永远年轻的前辈，那些意气风发又堪当我师的青年，那些跋山涉水甚至跨洋越海而来的大姐和小姐，先生和后生，老友和新朋，那些浑身都是豪情、妙语和忽有忽无的旋律的李白、杜甫和苏东坡的子孙。

他们本身，就是一首首诗啊。

他们，是诗之魂，当然也是诗会之魂。

（1998年3月28日凌晨，三亚，

为国际华文诗人笔会闭幕而作）

有座城市叫琼海

这里的人以万泉河为荣。

那条清澈的江水流过了多少苍山翠谷鹰翔鱼跃，流出了多少美妙的风光与悠长的回味。

这里的人以娘子军为荣。

那支女红军的战歌划破了漫漫长夜，以传奇的色彩与壮丽的音容激荡着永远的时空。

这里的人以博鳌为荣。

那幅江河湖海山麓岛屿汇聚的美景及亚洲论坛发出的声音，让整个世界睁大了惊喜的眼睛。

一抹翠绿，一抹鲜红，一抹蔚蓝。这里的人是高明的画家，三两笔就把这座城市作了精确的概括。

世上许多人都以到过此地为荣。

游人如鲫，蜂拥而至。来享受自然生态，来瞻仰革命风采，来打开海洋襟怀。

那个海南岛地图上的小圆点，就这样迅速增大。

那些悠扬又雄壮的旋律，也不知不觉间流过双唇，流向永恒了。

（2003 年）

万泉河有多美

谁知道海南岛上的万泉河有多美？

在丽日蓝天中飘过的白云知道。它长年追随着这条在青山绿谷间曲折流淌的河流，看惯了它的溪涧、飞瀑、险滩、平湖的多姿多彩。

从热带雨林里飞出的白鹭知道。它终日萦绕着这条有着许多流行歌曲的河流，听熟了它的喧腾与静谧，深远与悠长，远古传说的神秘与红色娘子军连歌的壮美。

在流水中欢蹦乱跳的鱼群知道。它与河边浣衣的村姑、裸身戏水的顽童一起，娓娓道来这条生态之河空气的清新，河流的清澈，和水质的清甜。

深情依恋在河两岸的群山知道。它那连绵起伏的丛山，浓妆淡抹的苍绿，每天都对着河面照镜，倒影如画境，拥抱出诗情。

陡峭的石，攀援的藤，黎村的胶林，苗寨的炊烟，不知名的花，会唱歌的虫，都探出头来，伸出手来：我知道，我知道……

还有，在峡谷间穿行的漂流筏也知道。它甚至载不下激

流冲浪中飞扬的欢乐，十里画廊间观景的悠闲，月夜逐流时物我两忘的轻松。

哦，那一天，坐在漂流筏里的我，把这一切的一切都看在眼里，听在耳里，记在心里。只是，我知道了这一切，却实在说不出万泉河有多美……

（2004 年）

海南有座五公祠

我的户口簿在海口已存在二十年。经常有外地人问我：“海南人怎么样？”

我告诉他们去看五公祠。

铁骨铮铮的五公在五公祠里一站数百年，接受着海南百姓崇敬的香火，和各地旅游者瞻仰的目光。

唐代两朝宰相李德裕，河北赵州人；南宋宰相李纲，福建邵武人；宰相赵鼎，山西运城人；吏部尚书李光，浙江上虞人；枢密院编修胡铨，江西吉安人……

海南人供着的五公，没有一个是海南人！

这些爱国爱民而惨遭流放的唐宋大臣，这些千百年深受海南百姓爱戴的古代名士，全是外地人！

“唐宋君王非寡德，琼崖人士有奇缘。”

海南人把这副五公祠的对联挂在“幽默大全”里。

五公祠的隔壁是苏公祠，敬的是四川眉山的东坡先生。

全岛遍布的冼太庙，祭拜着广东电白的冼夫人……

哦，你要问：“海南人怎么样？”

去问五公祠吧，去问苏东坡与冼夫人吧！

用不着我回答。

这也是一种回答。

（2008 年 3—8 月）

海口的树

海口最多的当然是椰树。

这些伟岸、挺拔的壮汉，挺立在城市的大街、庭院、园林和几乎每一处重要位置，撑起了一座城市的天空。

挺起了这里的人们所有的品格与美德。

挺起了椰城的美名。

以凌云壮志与累累硕果受到尊重。

为热带风光、海滨特色作出了形象化的注解。

作为椰风海韵的男主角，演活了诗情画意。

尤其是台风袭来时，迎风屹立，百折不挠，那种壮举和气概，真不愧为城市的形象代表。

棕榈是亭亭玉立的美少女。

以高挑的身材与俏丽的姿势，美化了城市的容颜。

排列在城市主干道两旁，作为迎宾的队伍，赢得了高分。

最好在早晨或黄昏来同她们相见。

用朝阳或晚霞衬为背景，更能剪出南国佳丽的倩影。

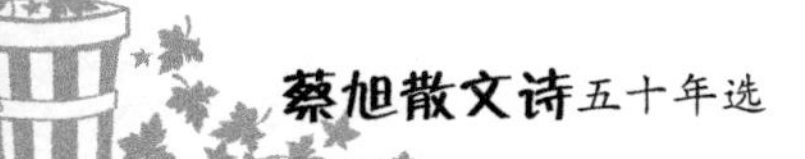

而在午后，骄阳的煎烤让她们花容失色。

她们自身难保，怎能顾得上别人？

此时，榕树是最好的朋友。

它用大块的叶片，用密密麻麻的顶盖，撑开了绿色的大伞。

绿云铺就的长廊，遮阴蔽日，创造了酷暑中的阴凉。

是因为历尽沧桑，更懂得给予的快乐？

是因为年高德劭，能改变世态的炎凉？

这些捋着胡须的老人，无言地讲解“前人种树”的成语。

告诉着城市为什么需要大树，需要大树的风度与风格。

（2009 年 7 月）

三亚湾从黄昏到夜晚

一条海滨的彩带穿起了一串珍珠。

用夹道欢迎的椰树林、夹竹桃、野菠萝、绿毯与鲜花，穿起了好几十家五星级度假天堂，和超五星级的度假欲望。

穿起了黄皮肤、白皮肤、黑皮肤及数十国语言鸣唱的百鸟归林般动听的声音。

更令人惊叹的是大道的另一边，是海！

我从小在海边长大，至今在海边生活，也走过地球各处的许多海。

但难得见到这么蓝的海。

难得见到如此洁净的蓝，如此透明的蓝，如此清爽的蓝。

把一层层卷起来的浪花，溅得如此白。

把十八公里的弯月形沙滩，衬得如此白。

夜幕渐降，先是椰林的姿影在涛声拍打的天空中剪出。

刹那间一闪，星星点灯？海岸线亮起天上的街市，亮起一条银河。

海风轻轻梳过椰林，把这条海滨大道叫成椰梦长廊。

有许多梦在这里结果。又有许多梦在这里萌生。

这晚，我在这里久久徜徉。

不知是在醒中，还是在梦中。

（2009 年 7 月）

站在铜鼓岭上

我想要大海，它就给出壮阔的场景。

一望无垠的南中国海，在眼前翻滚。蔚蓝色的绸缎云飞浪卷，一万里晴空日丽风和。听不够的交响收进眼底，看得见的涛声拍打胸膛。海阔天空，心旷神怡，连胸襟也扩了几分。

我想要原野，它就给出锦绣的田园。

绿茵茵的田野，炊烟袅袅的村庄，铺陈着生机与活力。一条唱着歌的河流，穿过这幅清新秀丽的田园风光。更令人惊喜的是，可以望见那条白练奔流出海，江海相会时如诗如画的景致。

我想要山林，它就给出雄浑的画面。

就在身边，微风梳动着森林，林涛卷起了绿浪。繁茂的森林植被，珍奇的野生动物，沁人肺腑的空气，奇山怪石，熔岩蚀洞，仙殿古庵，文化遗迹，还有风动石连同它的传说，真令人流连忘返。

此刻，站在海南最东角，琼东第一峰上，我的思绪也绵亘二十公里。

在海南，要看海，要看山，要看田园，地方多的是。

但要一地兼拥三者之美，一下阅尽三景之胜，要到何处可寻？

那就要到铜鼓岭了。

那就只有铜鼓岭了。

（2009 年）

好大一棵榕树王

这棵老榕树真大!

大到出乎我的想象，出乎所有人的想象。

大到所有的树都没有它大。所有唱过《好大一棵树》的人见过的所有的树，在它面前也相形见绌。

它就是一片树林。这就叫独木成林。

年龄七百多岁，占地近十亩，覆盖着东西七十八米，南北七十二米的大地;

已是九世同堂，以老祖宗树为圆心延伸了六圈，撑起大小二百六十二根树干……

专家考证说：这棵定安县瀚林镇章塘村的老榕，就是亚洲榕树王。

这棵老榕树真大!

大到我无法同它合影。

大到所有摄影机都无法拍下它的全身。

只能从某个角度，与它的某个局部，留下亲密接触的纪念。

往上看，枝叶交叉，织起一张巨大的天网。

外面正下雨，在林中却滴水不沾。

朝前望，一棵棵树干就是一排排严阵以待的士兵。

一个万众一心，众志成城的方阵。

是的，1939 年 3 月 15 日，国共两党的武装就在此联合誓师杀牛祭旗，人手一个蘸了牛血的饭团，决心与日寇血战到底。

站在榕树王的荫蔽下，我是这样渺小。

其实在大自然面前，人类就是这样渺小。

我在树荫下久久地站着，落地生根，似乎也成了一根树干。

也有了植物的身份。

（2011 年 8 月）

人们叫它爱情树

原本是两棵树：一棵是大叶榕，一棵是小叶榕。

现在是一棵树了。

铺天盖地般缠绵。把大叶与小叶，混为一谈。

原本是两个人：一个是元王子，一个是村姑。

现在是一个人了。

血肉交融地拥抱。我中有你，你中有我。

六百八十多年前，还是落难王子的元文帝图帖睦耳，同村女青梅定情时种下的两棵榕树，就在海南岛皇坡村相对相望了。

渐渐地在地下根系相缠，在天上枝叶相握，忍不住就贴到了一起。

心会走，树就会走。

天不知，地不觉，奇迹诞生的准确时辰，只有他们自己有数。

覆盖了六百八十年的历史，为一些生死恋与千古恨作了见证。

这样的事，讲出来很难令人相信。看到了，却不得

不信。

谁能解开此中的秘密？

在自然界叫做奇观。科学权威似未作出权威的解读。

在人世间叫做浪漫。解释起来却并不困难。

比如我，一个散文诗人，就相信有一种强大的信念，一种神秘的力量。

它能创造一切，也能改变世界。

（2012 年 10 月）

镜头下的西沙

蓝的是海。

一望无垠的蓝。波澜壮阔的蓝。心潮澎湃的蓝。

蓝得耀眼。蓝得神秘。蓝得深厚、丰富、五光十色又层次分明。蓝得无可比拟，也许是世界上最蓝的蓝。

蓝得不可相信，如梦如幻如酒的梦之蓝。

绿的是岛。

是星罗棋布般撒在南中国海上的岛屿与礁盘。浮在蓝色大海中的睡莲和翡翠。

是野生的抗风桐、羊角树、灌木丛，人植的椰子树、木麻黄。

是令人心醉的生命的色彩，及沁人肺腑的空气和风。

白的是家。

唐宋的遗址。明清的古庙。

现代的商店、银行、水产站、办公楼，盖着中国最南端邮戳的邮局。

还有海捞瓷，早在隋唐年代海上丝绸之路上沉落海中的不可改写的历史。

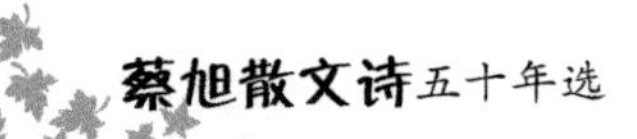

斑斓绚丽的，是生物的世界。

海底里绽开着各种各样花朵的珊瑚。沙滩上捡不完奇形怪状的贝壳。

在水中成群结队地穿梭的金枪、马鲛、鲨鱼、石斑及叫不出姓名的热带鱼类。

在天空盘旋飞翔、千鸣万啭的鲣鸟、暗缘乡眼和名目繁多的燕鸥。

还有，就是红色了。

那是海上日出喷薄的壮丽。五星红旗在晴空中迎风飘扬的庄严。

捍卫祖国神圣领土与海疆的决心和热血。

以及，我们每当看到、听到、讲到、想到西沙时，那颗激动不已的——心。

（2012年6月）

这些树，这些人

有谁能像它那样，顶得住台风暴雨的摧残？

有谁能像它那样，抵得过热带酷暑的肆虐？

有谁能像它那样，经得起缺水少土的熬煎？

抗风桐！

土生土长，落地生根，在西、南、中沙群岛一站千年。

以伟岸的身躯、粗壮的枝干，护卫着南中国海星罗棋布的岛屿与礁盘。

巨大的叶冠、宽阔的叶片，层层叠叠，成群结队，到处涂满生命的颜色。

纤细的根系深扎在沙岩中，在海水侵蚀、高温烘烤下，坦荡着倔强与从容。

也会有被台风刮断的枝节啊，不过，又在地上长出嫩芽与新根！

要能跟它相比的——

只有世世代代在这里的波峰浪谷中撒网捕捞的南海渔

民了。

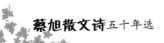

只有自隋唐以来在这里开拓了海上丝绸之路的中国船员了。

只有在这里保卫和建设祖国的神圣领土和海疆的战士和居民了……

这些树，这些人——

千百年来，就相互认识，相依为命。

相互听得懂树的絮语，有海南话、广州话、闽南话、客家话及带有各地口音的中国话，还有歌声与心声。

相互为生活作证，为生命作证。

为中国历史与主权作证。

我，一位穿过漫长的历史与浩瀚海洋来到这里的旅游者。

面对这些树连同它的名字，不禁肃然起敬。

面对古往今来与它同性格共命运的这些人，同样——

肃立，致敬！

（2012 年 6 月）

永暑礁

一片恰如其名的礁石，在南沙群岛茫茫大海中，一站千万年。

海浪千万次把它淹没，又总不能把它淹没。

自从一座高脚屋升上来，就更无法淹没了。

1988年，中国海军为联合国教科文组织，建立了第七十四号海洋气象观测站。

为世界记录着并传播着南沙变幻万千的风云。

士兵们用台风擦脸，用暴雨洗澡，用青春与生命守卫与抒写。

让这片甚至高温六十摄氏度的礁石，成了万里海疆永远不沉的航空母舰。

其中守礁二十二年的一位，成了高级气象工程师。

以热血、忠诚与奉献，感动了2012年的中国。

这一天，中央军委主席又为他颁布了一等功。

如今，一到晚上，远离南沙的祖国大陆，都能看到军功章的闪耀。

17点38分，中央电视台新闻联播后，天气预报中有三

秒钟的南沙。

就可见到他们风中浪中的身影。

一片发光的礁石的身影。

（2013年8月）

海景房

四面都是海景。

开门见海，开窗见海，睁开眼就是海。

翡翠般的泻湖。阳光下变幻莫测的大海。

鸥鸟在天上鸣唱。鱼群在脚下游行。

姹紫嫣红的珊瑚，绽放出海底花园的神奇与美妙。

白天看海阔天空，夜晚伴涛声入梦。

顶级商品房的广告词，在此一一兑现。

世界上最蓝的海。世界上最清的水。

不小心掉了一颗饭粒，看着它以慢动作降落海底……

就是天气热了一点，通常就四五十度。

就是风浪大了一点，台风暴雨常来常往。

就是淡水少了一点，要么盼雨，要么靠船运来。

就是离亲人远了一点，最近也有一千四百公里。

的确是极目海天，只是日久也许会审美疲劳。

的确是两层小楼，只是名字叫高脚屋。

高脚屋里的水兵，有一个南海梦——

让祖国的万里海疆风平浪静；

让动荡不安的世界永久和平。

（2013 年 8 月）

西沙雨

世上的人似乎都拒绝雨，躲避雨。
用竹笠顶着，用雨衣包着，用雨伞躲着。
甚至，用密密麻麻的屋顶罩着。

只有他们与众不同。
邀请雨，欢迎雨，盼望雨。
如果雨落在梦中，他们也会在梦里载歌载舞。
因此有了集雨棚、深水渠、集水坑、蓄水池。
连机场跑道，都有万分之五的倾斜度。
大雨到来的时候，他们欢呼雀跃。
所有的水桶、脸盆、坛坛罐罐，都会出门迎接。
会有人冲进雨幕，洗着痛快的雨水浴。
还同高尔基的海燕一道，大叫大喊——
“让暴风雨来得更猛烈些吧！”

他们是西沙海岛的士兵。
岛上有的是风，是浪，是热，是苦咸的汗。

最缺的就是淡水。

（2013 年 8 月）

博鳌之晨

新鲜的海风吹拂着博鳌寂静而干净的早晨。

我站在万泉河口，看见河水平静地不动声色地涌流。

大海的白浪一层层地翻卷过来。有节奏地拍打沙滩的涛声，以喧哗增添着宁静。

玉带滩金黄色的一线，划出了江与海的分界。

江与海的对比如此分明，可它们又是这样的水乳交融，咸淡相宜。

阳光从云层突围而出，给白浪镶上金边，让海面起伏一匹光亮的绸缎。

苍绿的木麻黄与椰树林，和蓝天、碧海、金沙，呈现了色彩的丰富。

礁石、岛屿、山坡、园林各就各位，参与了美景的创造。

博鳌亚洲论坛，用我身旁的成立会址，对岸的永久会址，以及周边星罗棋布的酒店、别墅与楼群，点缀了博鳌的名声。

其实它们也是慕名而来，与三江汇流的万泉河、九曲

江、龙滚河的姿色，相互辉映。

此时，游艇们正排着队静候四方游人蜂拥而来。

会场上的座椅、话筒、摄像机与录音笔，也静候着与会嘉宾的到来。

这些天，博鳌亚洲论坛又开幕了。全世界都在静候博鳌发出的声音。

我站在博鳌的晨光中，也在静候它的声音。

有关海南梦、中国梦、亚洲梦的声音……

（2013 年 3 月）

海口骑楼老街

走到海口骑楼老街，我一脚踏进了清朝末年。

是的，那时的人头上还留有辫子。那个下南洋的汉子，把碍手碍脚的辫子盘在头上。

也有人从南洋回来了，一位老华侨坐在长椅上，回想几十年飘零在外的艰辛，庆幸有了难得的发达。

这条骑楼街，就是茹辛含苦的他们，对家乡的回报。

挡风遮雨的长廊，雕梁画栋的窗台，有南洋风味，也有欧陆风情。

鳞次栉比的骑楼城，该有多少岁月的血汗，和隔空的思念？

我一直走到民国初年，碰到那个勾鼻子的洋人。

他正在与长袍马褂的老板讨价还价，讲述当时的开放。

又见着洋千金手捧椰子果，享受椰城夏日的清凉。

也有人当街摆开老爸茶，细聊古今。空出一张凳子，欢迎任何人的参与。

我在修旧如旧的骑楼老街穿过，从清末到民初，品味百年前的日子。

明知时光不能倒流，但风貌也可以还原。

这座城市一些美好的记忆，就这样回来了。

不是说失去的东西，总是美好的。

而是说一些美好的东西，不应该失去。

（2013 年 2 月）

这里叫大小洞天

只见到小洞天，就是找不到大洞天。
这里的海，碧波万顷，海韵轻拨着心弦。
这里的山，云深林翠，椰风细梳着思绪。
这里的石，岩奇洞幽，神秘紧牵着惊喜。
唐高僧鉴真东渡受挫，在此休整后成功直达日本。
宋南宗五祖白玉蟾，在此归隐，传播道教文化。
元黄道婆在此修习纺织，把技术带往中原大地。
史称“海山奇观”，摩崖石刻群有数不清的诗文吟诵。
小洞天，海边石崖，小钓台垂钓了千年日月。

小洞天，海边石崖，小钓台垂钓了千年日月。
史称“海山奇观”，摩崖石刻群有数不清的诗文吟诵。
元黄道婆在此修习纺织，把技术带往中原大地。
宋南宗五祖白玉蟾，在此归隐，传播道教文化。
唐高僧鉴真东渡受挫，在此休整后成功直达日本。
这里的石，岩奇洞幽，神秘紧牵着惊喜。
这里的山，云深林翠，椰风细梳着思绪。

这里的海，碧波万顷，海韵轻拨着心弦。
只见到小洞天，还是找不到大洞天。

哦，有石，有山，有海，有天，自有心旷神怡漫古今。
无须反复寻找，这里正是大洞天。

（2013 年 5 月 1 日）

咖啡小镇

这个叫福山的小镇，并没有山，有福就足够了。

坐在海口的西面，坐在世界长寿之乡澄迈县的北部。

坐在富硒的富有机质的火山岩红壤土上。

坐在十九度美妙的北纬线上。

坐在足够阳光、足够雨量、足够热度的环境中。

坐在足够满足精品咖啡所需的一切理想条件上。

这个叫福山的小镇，并没有山，有福就足够了。

就这样站在咖啡飘香的空气中。

站在八十年的种植、采摘、烘焙、磨制和出口的历史上。

站在细腻柔和、香醇回甘的独特的口味中。

站在浓浓的美味与浓浓的风情里。

站在满街的咖啡馆与蜂拥而来的口碑里。

这个叫福山的小镇，并没有山，有福就足够了。

福山以咖啡为招牌，咖啡以福山为招牌。

走到哪里，都让人神清气爽。

走到海口，让省城提起精神。

走到岛外，让国人为国产感到振奋。

走出国门，让一句名言到处流行。

它说：让世界兴奋起来！

（2013 年 9 月）

渔港小镇

潭门，一个渔港小镇。

跟别的渔港小镇相同，经常桅樯林立，鱼虾满舱。

跟别的渔港小镇不同，这些鱼货是从远海回来的。

从西沙、中沙、南沙的波峰浪谷间回来。

这个小镇，身在海南岛上，心向深海远洋。

街上少见旅馆，几乎家家都是旅馆。

几乎每家的男人，都只是把家当作旅馆，而以大海为家。

世世代代就在西、中、南沙的万里海疆耕作，祖祖辈辈都靠这块祖宗海生活。

千百年，用一本本发黄的更路簿记录行船线路、海潮流向、暗礁方位。

给南中国海每一块岛礁，用海南话命了名。

随便问街上一位渔民，都会有二三十年出海的经历。

一家家搏天斗海的家史与族谱，都在为南海诸岛的归属作了见证。

潭门，一个渔港小镇。

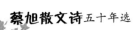

每条街都弥漫大海的气味，每个人的呼吸都连着大海的呼吸。

大船出海，一只只手机连着千里的脉搏。

船队归来，一筐筐收获跳跃万家的欢欣。

并肩接踵的店铺，摆满了大海的馈赠：

海螺、贝壳、砗磲、珠宝项链，各式各样的工艺品。

家中收藏着祖传的宝贝：玳瑁、珊瑚，有的还有海捞瓷——

那是古代丝绸之路上，沉船留下的悲伤。

小镇很小，只有两万人口。小镇不小，它有大海胸襟。

装得下远海的呼唤，它是西、中、南沙渔场作业的后勤基地。

装得下陆岸的期盼，它是深海渔货的集散与销售基地。

装得下蜂拥而来的游客的目光，它是独具海洋风情的旅游胜地……

潭门，一个渔港小镇。

一个心中装着海洋，也让每个到过的人心中装着海洋的小镇。

（2013 年 9 月）

万泉小镇

一个叫万泉的小镇，枕在万泉河的臂弯里。

枕在椰子林、橡胶林、香蕉林、甘蔗林、灌木林染绿的青山的掩映中，与蓝天白云倒映的清澈流水里。

枕在源远流长的山歌、民谣、故事与传说里。

枕在红色娘子军矫健的身影，还有琼剧、电影、芭蕾舞的演绎里。

枕在“万泉河水清又清”的歌声浪影里。

枕在嘉积鸭、温泉鹅、土鸡、河虾、野菜薰动的美味里。

用一排排青砖、白墙、飞檐的小楼，讲述历史沧桑与时尚风貌。

用一条条绿道与滨水平台，连起城市与乡村，又模糊了它们的界线。

二百四十条村、两万九千多人，就栖居在万泉河中游十二公里河畔的诗情画意里。

多么幸福的人们啊！

这一天，我也来分享他们的幸福。我可以目睹、耳闻、

品尝，甚至可借宿或旅居。

不过，想长久像他们一样诗意地栖居——

也得像他们一样，舍得在人们看不到的时日，挥汗如雨。

（2014 年 4 月）

兴隆小镇

一个特别的小镇，一个无法简单命名的小镇。

也是温泉小镇。

早在五六十年前，它温暖的泉水就已流遍全国。刘少奇、邓小平在这里放松了工作后的疲惫，胡志明、西哈努克在这里沉浸过温馨的友情。

也是咖啡小镇。

浓而不苦、香而不烈的太阳河牌咖啡，让走遍世界的周恩来，连饮三杯后竟然赞不绝口：这是世界一流。

也是热作小镇。

还有可可、胡椒、香草兰，两千三百多种热带亚热带香料饮料在这里生长、展示，正成为国家热带公园。

也是归侨小镇。

六十多年来，印尼、马来西亚、泰国、越南、缅甸等二十一个国家的归侨在这里劳作与生活，让“峇蒂”花衬衫与东南亚小吃，演绎着异国风情。

也是娱乐小镇。

东南亚歌舞、红艺人演艺，每天在照亮欢腾的夜晚，也

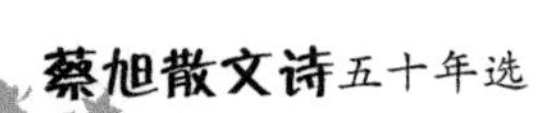

曾让全岛在这里载歌载舞，汇成了海南欢乐节的海洋。

也是旅游小镇。

海南国际旅游岛最火的旅游线，在这里停下一个逗号。几乎所有客人都在此住夜，才不至于辜负这个国家AAAA级景区的盛名。

来自全世界的人们，都到这里住着，喝着，泡着，游着，玩着，乐得忘了归途。让这个海南岛东线的小镇，越来越名副其实。

不知是先有兴隆这个名字，它才兴隆起来呢，

还是它必定兴隆起来，非得有这个名字？

（2013年9月）

这一首歌

“在那云飞浪卷的南海上，有一串明珠闪耀着光芒……”

这首歌，以优美的诗句与动听的旋律，覆盖了三十九年的时空。

这首诞生在著名的西沙自卫战之后，一部电影的插曲，已插进当代音乐史，插进数不清的歌唱家的演艺史，插进更加数不清的亿万喜欢或不喜欢唱歌的普通人的生活史。

甚至这部电影的片名与故事情节，甚至男女主角与主人公的名字，早被光阴淡忘了。只有这首跨越了岁月的经典之歌长在。

这首当年由中国著名作曲家与一位军旅青年诗人，在永兴岛的联袂之作，就这样同中国的南海诸岛，紧紧联在一起。

这晚，在三沙卫视的演播大厅，这首由老歌唱家耿莲凤与年轻的男高音倾情演绎的歌，掀开激动人心的一幕——

三沙市长走上台来，给八十四岁吕远与六十九岁苏圻雄，颁发了荣誉市民证书。

全场掌声雷动。由当年三沙老兵组成的方阵起立致敬。

老兵们哭了。老兵们笑了。

“在那云飞浪卷的南海上，有一串明珠闪耀着光芒……”

三沙，南海上那一串明珠，更加闪耀着光芒。

这首歌，也更加闪耀着光芒。

（2013 年 7 月）

从一只椰果认识海南

一个外地人手捧一只椰果，却无从下手。

喝过椰子汁的清甜，尝过椰子糕的爽滑，嚼过点缀在点心上的椰丝的香脆。

现在到了海南，才知道了椰子的模样。

它挂在街空中是绿色的灯泡，堆在店门前似翡翠的足球。

不过店主砍刀一挥，吸管一插，甘甜的椰子水就沁人心肺了。

天气很热，它给你酷暑中的清凉。

解渴又降温，纯天然，原生态，正是海南的味道。

给你破开一看，褐色的皮层，可柔韧成力拔千钧的缆绳。

性格坚硬的壳，古时作碗，现在粗中有细，化作精美的椰雕工艺品。

雪白的椰肉，晶莹剔透，更是涵盖了所有的美味与美德。

一下子就从陌生变得亲近，亲切，甚至亲爱。

手捧一只椰果，外表似乎很神秘。

其实只要你身临其境，它就轻易地流露了，所有美好的品质。

（2014 年 8 月）

故园梦

家乡的红树林

啊，我又见到你了，家乡的红树林！

儿时，我曾脚踏海滩的淤泥，采撷你那苦涩的种子，度过了三年艰难的岁月。此后，不论走到天南地北，即使在深夜的迷离的梦境里，我也常常听到你在惊涛拍击下奏出的声韵……

啊，我又见到你了，家乡的红树林！

如今，我就站在高高的海堤上，看涨潮时你陷入海底的镇定，退潮时你跃出水面的欢欣。看你怎样手拉手肩并肩地舍身守护堤岸，怎样为青蟹、白虾、泥鳝和各种螺类提供嬉戏的乐园……

啊，我又见到你了，家乡的红树林！

我特地来看望你，我又马上向你挥手告别。尽管用你的种子充饥的日子一去不复返了，但我又怎能只依恋自己的家园？

你自己不就是这样的吗？你总是让种子在身边育成幼苗，又把它送进海浪，带到天涯，带到海角，落在哪里就在哪里扎根。

我是你的种子啊！我走了，要把对你的思念，变成绿色的心愿……

啊，家乡的红树林，母亲的红树林！

（1983 年）

童年的味道

穿过五十年的风雨赶回家乡，在街边的夜色中悄然坐下。

灶火依然红亮，油锅照旧沸腾，半条街的飘香引诱着川流不息的行人。

不知是第几代的传人了。掌锅的师傅手舞足蹈地秀着规范的流程，拌着粉浆的生蚝一勺勺摊进油锅，一条条蚝艇在油海里翻滚几次之后，一块块炸得金黄的美味，就在召唤迫不及待的欲望了。

用生菜的翠绿包着金黄，用呼吸的急促吹散滚烫，垂涎欲滴之后是眉飞色舞。

扑鼻说不出的香，嚼着裹着嫩的脆，吞下只可意会只可回味的爽。

身旁一波波轮换的人流，带走了心满意足。

师傅却不明白，满嘴喷香的我，唇边竟挂着一丝遗憾。

尽管已是家乡一绝了，仍然赶不上我的记忆。

只有我才知道，我追寻的，总追不上的，是童年的味道。

也许味道还在，童年却没有了。

（2008 年 3—4 月）

别小看这块石头

这块雕成赑屃（bi xi）的石头，只剩半截了；这块石碑底座还在，碑已不见了。

啊，别小看了这块有来历的石头！

它仅存一半也长达四尺，连插入碑榫的方孔也纵横盈尺。

据知，只有三品以上的官员才配赑屃驮碑。岭南两千年的史册上，如此显赫者能有几人？

它卧在粤西电白山兜之原。身后是“隋谯国夫人冼氏墓”，面前是“娘娘庙”。

它的主人，正是“岭南圣母”冼夫人，正是“巾帼英雄第一人”！

啊，别小看了这块有故事的石头！

一千四百年的风云变幻，全收进它的眼底。

初时的鼎盛香火，后来的飞来横祸，再后的万民敬仰，它都一一见证。

只不过，一千三百多年中它是在烂泥坑荒草丛见证的。

在冼夫人的五世孙被冤灭门时，赑屃也被砍头了。

啊，别小看了这块会说话的石头！

在别处来争冼夫人故里时，这块石头又挺身而出。

它同历代古籍的记载，同出土文物的发掘，同冼氏墓娘娘庙相互印证。

据说甚至还有人想把它偷运出去。可是它太重了，只剩半截，也有三千斤。

现在它坐在一间亭子里告诉游人：赑屃是无法搬动的。

它也在告诉着：历史无法搬动。

（2008年7月）

水东冼夫人铜像

我赞赏这一个铜像。

啊，凯旋荣归的冼夫人回到她的故里电白，就在县城水东风景如画的东湖畔，停下马来。

听得出轻轻喘息的战马，“得得”地踏着碎步。

面向大海遥望中原的冼夫人，转过身来，向前来欢迎的父老乡亲，双手作揖。

英姿飒爽的冼夫人！

慈祥可亲的冼夫人！

啊，不只有“征服”与“平定”，不只有杀气腾腾与威风凛凛。

更有那睿智的明眸，可掬的笑容，扬袖拂来的春风。

更有她带来的和蔼、和睦、和谐与和平啊！

我赞赏这一个铜像。

不仅赞赏报国英雄的威武，更赞赏山兜女儿之娇嗔，岭南母亲的博爱。

如此可尊可敬，如此可爱可亲，这才是“中国古代巾帼英雄第一人”！

（2008 年 4 月）

忘不了的方言

几十年在外奔波的我，停车在故乡的站台时，迫不及待脱口而出的那种话。

外地公共汽车上，突然听到陌生人的口音，甚至欲上前认亲的那种话。

巾帼英雄第一人冼夫人叱咤历史巡抚百越，讲了一千四百多年的那种话。

浮山岭的风，沙琅江的水，水东湾的浪吹过流过浸过，在稻田、薯坡、渔场、荔枝林、花生地生长，在墟场讨价还价，在鬼仔戏里唱念做打，在远洋渔船呼风唤雨的那种话。

喊着我的童年，牵着我的伙伴，溶着我的乡情的家乡的土话啊!

我是一艘长年漂泊的船，没有机会操作家乡话。一旦泊上家乡的码头，滔滔不绝的只有家乡话。

家乡喜聚会，乡亲们讲的是国语、省语，我固执地用土语检验乡音与乡情的纯正。

京城访老乡，与中国社科院学部委员用乡音纵谈文学与世界，更添亲切与豪兴。

难忘的方言啊，只要我们不肯忘，不愿忘，它就怎么也忘不了！

它是流淌的血。它是晒出的盐。它是海边企望千年的石头。它是漂流四海落地生根的红树林的种子。

一百年不变。一千年不变。一万年？也不变！

只是我在外出生在外成长的儿子，却不会说家乡话。

我很后悔，为什么不让他喝几口家乡的海水。

（2008 年 5 月）

走在家乡的海滩上

每当回到家乡，总要走走海滩。

蓝天碧海，一望无边，把我的胸扩充得海阔天空。

涛声拍岸，海韵天风，让我的梦配乐成心旷神怡。

洁白的沙滩，可碰见拾贝的小调，踏浪的舞姿，抒情诗成双成对。

海鲜馆飘出的空气，告诉着鱼虾蟹贝的生猛。

家乡的海滩，与别处似乎没有什么不同。

其实身旁的林带，才是我的最爱。

从虎头山、第一滩，到龙头山、博贺港，连绵好几十公里，一条绿色的飘带。

把北京人民大会堂广东厅的墙壁都染绿了。那是关山月的名画《绿色长城》辉映的。

我喜欢在碧海银滩绿长城中走着，往往应接不暇那一幅幅诗情画意。

一直走下去，可以走到五十多年前。

在光秃秃的沙滩上，在风、旱、咸、热的肆虐下，人们用汗水、泪水、血水浸过一本本日历，才诞生了中国第一条

沿海林带。

正是它，让家乡的海滩与别处有所不同。

也让家乡的人们与别处有所不同。

（2008 年）

在危重病房外守望老母亲

一道白色的墙，隔开了里头外头。

医院的危重监护室里，九十一岁的老母亲，正在同死神赛跑。

她不缺乏经验。只是几十年的较量，已让她心衰力竭。

封闭的运动场外，儿孙们在焦急地等待。看不到现场直播，加油声也被那道白墙拒绝。

不过，她能感受到场外那一声声无言的召唤，让她坚持着斗志的不懈。

医生是裁判。每隔一段感觉漫长的候等，才掀开门帘，通报一下比分。

我们都愿替她去跑。

可裁判手中的报名表说：不能换人！

终于，似无表情的裁判，告知了长跑的这一赛段，又取得了领先。

窗外一阵春风拂过树林，染绿了所有的心情。

（2008 年）

那一双眼神

一双眼神倚在门框上，望着我从楼梯一级级地退落。

那一双慈爱、热盼、祝福与叮咛，在我面前一级级升高起来。

让温暖与悲凉的激流同时从我胸中涌起，在楼梯转角处，终于淹没了我的眼睛。

那是我的母亲，在我每次离家时，一再复制的情景。

四十多年，一次次粘贴的情景。

那一双眼神，原先是可以出门的，后来是可以下楼的。

后来，就倚在门框上，成为一幅特写。

再后来，那一双眼神就站立不稳，只能坐在客厅里，让敞得不能再大的大门，完成与我逐渐沉降的眼睛的对望。

而这一次，我从楼梯缓慢地退下时，那一双眼神不见了。

那一双九十五岁的光芒，已埋没在地平线以下。

在楼梯转角处，我回望那熟悉的门框，只是一片空白。

我的心，顿时也一片空白……

（2011 年 5 月）

同六十年前的父亲惊喜中相见

一张发黄的照片，从历史的缝隙中现身。

让我不由得惊讶，接着惊喜，再接着惊叹！

坐在照片中的那个人同我太相像了，不过比我年轻。

英姿勃勃，目光炯炯，微笑着与我相望。

我不禁惊呼：父亲！我失散多年的父亲！

此时他坐在单人沙发上，身旁是更年轻的三男二女。

三人站着，一人蹲着，一人半坐——为了与我父亲靠得更紧，他倚坐着沙发的扶手。

一朵朵怒放的光荣，或辉耀在年轻人的胸前，或盛开于他们的手上。

那朵大红花，连发黄的黑白照片也遮掩不了它的鲜艳！

岁月的烟尘，同样蒙不住他们的欢欣鼓舞，神采飞扬。

一行黑底白字作出了历史的说明："电三中参加空干员生留影"。

哦，当校长的父亲正在送别电白第三中学参军的学生。

英年早逝的父亲走得太快，连一张全家福都来不及留下身影。

好在这张喜出望外的历史，填补了当地教育史的一页，更填补了我可以物化的忆念。

“一九五一年一月十四日”，一行数字提醒着光阴似箭。

我一下回到了六十年前，记住了父亲三十六岁的笑容。

（2011 年 5 月 1 日）

童年的村庄

1

这条村子很大。

大到它的名字就叫大村。大到一直到了入学的年龄，我都未能走出村的边界。

浮山岭大概是世界上最高的地方了。云在山中浮着，山在云中浮着，我看不到它的顶。

用它庞大的身躯，浮山岭挡住了南下的寒流，抱得村子终年的温暖。

暖和得鞋子没能走进我的记忆。我的脚下总是一双色彩斑斓的木屐。

我亲见过，老师傅给它刷上波浪一般欢欣的花纹。

2

这条村子很大。

大到竟有三间学校。一间电白三中，一间电白师范，当然还有一间电师附小。

人们称父亲为校长。母亲说，他当过电师教导主任，三中校长，后来又是联校副校长。

我把第一声啼哭，交给了附小的校园。

之后就一再在电师与三中之间的大路上作折返跑，欢蹦乱跳地跑丢了我最初的好几圈年轮。

于是我有了好多间母校。

父亲远去了，电师与附小搬迁了又消失了，幸好三中还在。

多年后三中又分成了两间中学，听比我年轻得多的校长说，我也被划进了校友的名册。

分别五十年后我返回寻根，还有人叫起了我的小名。

3

这条村子很大。

学生是村里比例最大的居民。每年都有轮换，人数只增不减。

我不知道大哥哥大姐姐怎样上课，最喜欢的是他们的课外活动。

黄昏时打球，我是最受欢迎的记分员。一根竹棍在沙地上的涂抹，记下了我学龄前的智商。

夜幕下演戏，我是最舍得鼓掌的观众。一对李姓孪生兄弟，要么一起扮美国鬼，要么一起扮志愿军，让我把他们的名字念了五十多年。

直至如今，球迷成了我终生的名片，舞文弄墨成了我的饭碗。

4

这条村子很大。

但只有两家姓。一是姓崔，一是姓王。也许会有个别例外?

这两姓人很会读书，据说有史以来就以祠堂的数量，举办文化的竞赛。

数一下村里的祠堂吧，每一座都是功名的见证。

所有的学校都办在祠堂里，告诉着文化的繁荣、传承与延续。

五十年后，回去寻找我诞生的祠堂时，所有的祠堂都被岁月代替了。

几座柱脚的石墩从草丛中现身，不知能否辨认出我的声气?

唉，顺流而下的光阴，把一些文明随手抹去，来不及后悔与惋惜。

5

这条村子很大。

据说自古以来就很大。史册与族谱上，记载着它的显赫与兴盛。

近代的，在日寇入侵县境时，村子里的三十六间半祠堂成了战时县政府的衙门。

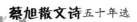

古代的，最大的官是冼夫人的丈夫冯宝了，据传这里就是当年的冯家庄。村外的冯族古墓与神秘的石帆，正有待考古家的确证。

如今的村头与屋角，还到处可见布纹的碎瓦，隐藏了更古的密码。

记得儿时漂水花，不知让水塘里埋伏了多少历史的证明。

6

这条村子很大。

一到节日就更大。冼夫人的诞日，她就从浮山岭脚的晏宫庙请出来，在大村边的看人坡上，接受万千百姓的崇敬。

世界上怎么会有那么多人啊！那些隔县跨省而来的人流，在这里掀起欢乐的海洋。

我像一条鱼潜入大海，在“跑公”欢呼声、大戏锣鼓声、摊贩吆喝声、饮茶喝酒声、万众欢腾声中，忘我地穿行。

一直穿行了近六十年。把我从一个花甲老汉还原为一个幼稚的顽童。

把这条我认识最早的村子，确认为世上最美的村庄。

把最初的家园，成了永远的故乡。

（2010 年 11 月）

少年的小城

1

一颗珍珠挽在南中国海的臂膀里。

海风吹，潮水涌，一座叫水东的粤西小城就这样养成。

多少年的船来船往，运来了一个良港。

新中国的史册掀开，又改名叫做县城。

小城太小。数着指头，便把澄波、东阳、解放、忠良四条街一网打尽。

潮涨潮落，只见它人气越来越旺，名气越来越响。

当年，我从镇西罗园的电师附小，走进东阳街的电白三小。

从小四到一中的高三,一下子跨过了少年时光。

2

如今海潮由眼前退落到当年，一位花甲又回到在海滨溅水的少年。

最先冒出水面的，是带着腥气的海产。

鱼、虾、蟹、蛤，立刻在脑海中生猛。

蚝、蚩、沙虫与海蜇，在唇边喷香。

那些不肯留下姓名的鱼类，在回忆中游进游出。

即使在三年最艰难岁月，也会有金丝与狗母的咸味做伴。

最难忘的是“放坝”，一个海滩的狂欢节日。

我也在屁股边挂一只鱼篓，追着退潮的大海，忘情地捡拾生蹦活跳的欢欣。

3

电白三小很快就改叫水东镇一小，我毕业后又改叫镇二小。

为避免在颠三倒四中张冠李戴，我特地标明在东阳街。

许多东西都丢失了，能够记住的只有老师的名字。

马校长，崔校长，高教导，崔总务，梁音乐，黄打球……

全语文的集邮册大开了我幼稚的眼界。

吴算术的四则运算让我至今思路清晰。

严厉的“王老虎”，他的粉笔头可准确击中打瞌睡学生的脑袋。

可亲的刘班主任，常常把我的习作念成范文……

4

初中的课程似乎无味。历史成了历史，代数还有几何？

压肿的肩膀记住了脚步的跃进。

海堤、公路、大礼堂、运动场，都是我们稚嫩的双肩挑成。

我们的汗汁、血汁与泪汁，汇成了东湖与西湖的碧波荡漾。

好在磨难也锤炼了骨头，好去抗击日后更多更大的风雨。

以至五十年后在西湖的春风杨柳中开同学会，感叹中不禁也有多少豪情。

随便哪一片湖水，都可以倒映出我们挥汗如雨的青春。

5

名师荟萃的高中，知识大长的时段。

林、崔的语文，李、崔的数学，黄、吴的英语，以及郭物理、李化学，星汉灿烂闪耀在电白一中低矮的教室上空。

还有李历史，他的辅导让我在高考中几乎满载而归。

还有何政治兼班主任，五十年后仍充满活力地同我们一起笑谈人生。

不过最可宝贵的还是同学。

三年甚至六年同窗的友情，在真挚、纯洁、无污染前面都应缀一个“最”字。

一男一女与我三人，从小学到高中同班九年，创造了一个纪录。

更有，本班男篮打遍全校甚至全县无敌手，让我们五十

年的自吹有了资本。

6

小城的精彩，不仅在校园。

雄霸粤西十余年的篮球队，让我终生以球迷为乐。

县乒乓队的接纳，让球拍伴了我五十年。

街头巷尾绕梁终日的曲艺与粤乐，增殖了文艺的细胞。

一本《冼太夫人》的大戏，知道了那位一千四百年前可敬的乡亲。

大海上竞渡的龙舟，飞扬起我的心情与诗情。

更难忘高一时工人文化宫交给我一把钥匙，我成了图书馆业余管理者。

那把钥匙打开了知识的宝库，也打开了我自己。

直到如今告老退回到家里，我仍可以充当一位不退休作家。

7

离开家乡到外地求学，我带去小城许多的荣耀。

洁净的大街与无四害的角落，它称作全国最卫生的城镇。

平整的公路与绿遍的山野，四面八方参观的人川流不息。

一位老八路及五好县的事迹，被人民日报头版头条津津乐道。

一条老船工智擒匪特的木桨，在全国各地欢呼声中巡回……

于是，我的同学与同事，都知道了中国有一个名叫“电白”的县份。

以至几十年后重逢，他们脱口而出了令我自豪的籍贯。

几十年的光阴顺流而下，说过了一下就过。

我光着脚在海边行走，才让贝壳的锋利一下子提醒——

回归了小城的少年，少年的小城……

（2010年11月）

喜欢所有的方言

如果说我懂六种语言，肯定有许多人不信。只有我信。

我没有说错，可能你领会错了。我说的是六种，不是六国。

最早懂的是“俚话”。我在粤西电白师范校园呱呱落地时，听到的声音。

据说巾帼英雄第一人冼夫人，在南北朝就讲这种话。现在属闽南语一个分支，跟雷州话、海南话近似。

旁边围绕着一些声音：有白话，广府的官话；有客家，一种会听不会说的歌吟。

读到中学，普通话才开始流行。

大学里学会了上海话，捎带听到了江浙的软语。

工作在桂北，同湖南与云贵川话成了邻居。

后来长期生活在海南，与家乡话有同有异。

我喜欢所有的方言，如同喜欢所有的人，所有的山水。

我的普通话讲得不好，说起各地方言也是半咸不淡，半桶水。

但别人说方言时，往往能把我带进去。

坐在海口的公交车上，听到外地人讲我熟悉的方言，甚至会有参与的冲动。

不过只好装聋作哑，潜伏在旁，偷听了别人密电码发布的奥秘。

一次重庆友人来电，讲着讲着我用了同他一样的腔调。

“你怎么会讲我们重庆话？”“哦，我讲的是桂林话而已。”

我喜欢所有的方言，对外语却几乎不懂。

从中学到大学读了英语，一毕业就还给了老师。

几十年后报高级职称要考英文，过关后仍然是基本不懂。

犹如到欧美旅游，转了一圈，又回到生我养我的祖国。

几十年流落他乡，很少有机会用到家乡的方言。

每次回家，我就大讲特讲，尽情倾吐我的乡音。

无论你用普通话，用广州白话，我一概用俚话对答。

甚至五十周年的同学会，我也用家乡话滔滔不绝地发言。

老同学惊讶地问：外出几十年，为何乡音还会这样“正”？

没有其他理由。

我喜欢所有的方言，不过最喜欢的，还是落地时听到的——

第一个声音。

（2013年9月）

探访千年古荔园

来到霞洞千年古荔园，想随便找一棵老荔交谈。

这一棵荔枝树实在太老了，老得肚子已穿了个大洞。

这一棵荔枝树又实在太壮了，三个人手拉手，也抱不过来。

还用满头绿叶，告诉着它的生命力。

一千多年的风风雨雨啊，早让它宠辱不惊，沉默不语。

一阵风梳过树林，它也不笑一声。

尽管不是荔红时节，我也可以想得到红灯笼挂满枝头的情景。

与它对望，突然听到一阵远古的马蹄声。

“一骑红尘妃子笑，无人知是荔枝来。”

而它，当然是知道的。

当年杨贵妃赞赏的荔枝，就是从这个荔园送出的。

只有作为当地人的高力士，才知悉它的果大、肉厚、色红、味甜，

只有浮山岭南的土地，才能结出抗寒、早熟的“三月红”。

只有这里特有的储藏技术，保鲜十日，才能跨越路途的遥远。

这样的荔枝，岂止妃子笑？谁见到都会笑。

如今，古荔园周围的八万亩荔枝林，让霞洞成了“天下荔枝第一镇”。

到处都是古荔园的子子孙孙呀。

站在它的面前，我不禁口舌生津，觉得整个世界，都甜润起来。

（2013 年 10 月）

家传美味

萝卜干炒鸡？谁的发明！

把高贵与贫贱，混为一谈。

不用油，也不用盐。你中有我，我中有你，竟升级成一道名菜。

姐姐端出来时，说她这手艺只学到了几分。

以前，曾是母亲的拿手好菜。

可惜少小离家的我，对此却印象模糊。

此后我每次回到家乡，姐姐都给我做这道菜。

她知道我喜欢，我知道她也喜欢。

吃着吃着，我们便不再说话。

筷子也停了下来。

（2014 年 3 月）

戴在心中的校徽

我有过许多校徽。小学的，中学的，大学的，甚至大学老师的，红底白字，我都戴过。

通通都丢失了，只有一枚留着。

在心中佩戴着。

那时爸爸是师范校长，我是附小的学生。

教导主任拿来一个图样，写着“电白县师范学校附属小学”，让爸爸确定。

太长了。爸爸说。他拿起笔，一下子勾掉了差不多一半。十一个字只留下六个：

“电白师范附小”。

主任眼前一亮。站在一旁的我，也眼前一亮。

字数减少了差不多一半，所有的要素都没有缺席。

爸爸从来没有教过我的写作。英年早逝的他走得太快，走到了时间前面。

好在六十年了，那枚校徽还戴在我的心里。

在我提笔爬格子时，它就闪出来，告诉我，要不要勾掉一半?

（2014年12月22日，冬至）

小时候这样爱上了书店

那时候，爸爸在县城外的师范当校长。大人们说他很忙，不是每天都能回家。

要是他回城，必是先到书店，然后才回到家来。

我放学后就背着书包到书店去，同书架上那些书，一起耐心地等。

要是等到了，爸爸就带着一些兴高采烈的书，和兴高采烈的我，一起回家。

要是等不到，只有垂头丧气的我，拖着垂头丧气的书包回来。

有一次，等到路上的灯全亮了，又等到书店的灯全熄了，还不见他回来。我竟然放声哭了。

好像他再也不会回来，不再要我，不再要书一样。

后来，他倒在省城的医院里，再也不回来了。

我还是每天放学后，到书店去等。

好像那些书知道他会回来一样。

好像他就在那些书中，总有一天会回来一样。

（2014 年 12 月）

简 生 活

小　院

我们宿舍楼下的院子太小了。

简直没资格叫“院”，只能叫“通道”。

连一棵树也放不下。

以前，挤满了自行车、摩托车、电动车。

如今也与时俱进，停满汽车了。

六十户人家，六辆。平均十家一辆。

但不能说每家零点一辆。因为我家没有。

出门时，我以鞋底与公交车轮为交通工具。

经常有人问：为什么不买一辆?

我回答：不行呀。

院子里再也放不下一辆车了。

何况，大街上很快也会放不下一辆车了。

（2012 年 2 月）

态　度

把衣服收了回来，我随便叠了一下，就塞进衣柜去了。
妻子嫌我叠得不好？
她把衣服拿出来，抖开，重新叠过。
慢慢地叠，小心地叠，庄重地叠。
难道要叠出花来？难道想叠出诗来？
难道会叠出聚焦点、回头率、GDP，甚至如潮的掌声？

我对她说：只是放在柜里，别人又看不见。
她回答：首先是给自己看。

（2012 年 1 月）

染　发

黑白斑驳的人生，本无可厚非。
或许抵不过潮流，或许顶不住虚荣——
竟把清白涂黑了。
同一些人一样，我亦未能免俗。

所幸的是，老汉我染的，仅仅是头发。
不幸的是，有些人染的，不仅是头发。

（2012 年 1 月）

过　秤

每当妻子买菜回来，老岳母都习惯于再次过秤。

不是为了其他。她说，只是掂量一下果菜贩子的良心。

水分肯定是有的。还可称出一些美丽的谎言。

不过，不可能称得出农药超标的含量，及转基因食品可能的隐患。

不知就等于不存在。——我自己安慰自己。

其实我也知道，空气正在变质。无论是瓜果还是蔬菜，早已不再纯洁。

这些不再纯洁的营养，又化身为我的血肉。

难怪从我口中喷薄而出的词句，竟也有那么多

污染物质。

（2012 年 1 月）

路　遇

一个女人走到了十字路口，在倾听手机说出一些声音。
“什么？什么？”她惊得大喊，随即失声痛哭。
此时正下着细雨，她也顾不上撑开雨伞。
任由雨水与泪水混为一谈。

我从她的身边走过。
看不到她的年龄、身份，更看不到她为之哭嚎的原因。
只看到她的神色霎时变得与天色一样灰暗。
把突然袭来的内心的痛苦，贴到了生活的脸上。

我是一个陌生的路人，无法伸出我的安慰与支援。
更没有资格去开导她的信心。
虽然手中撑着一把伞，也无法阻挡飘忽的雨丝，
一下下淋湿了我的心情……

（2012 年 3 月）

时间的痕迹

左腿的膝关节发出了警报，不时的疼痛是闪烁的信号。

上楼梯就得一级一个脚印了，再也不能跨越式发展。

打篮球的爱好也要忍痛割爱，至多只能投篮过瘾。

我带着医疗卡见过外科专家、骨科专家，也曾请名老中医望、闻、问、切。

只见卡里的数字潮落至底，也不见疼痛减少半分。

幸好拍片的结果，既没有增生，也没有积水。

它的名字叫做软骨磨损。

既没有办法治，其实也就不需要怎么治。

我的老腿已用了六十多年，这种损耗纯属计划之内。

那一天，我去打乒乓球，短球裤下暴露了狗皮膏药。

球友关切地问："你的腿怎么了。"

我轻松回答：没什么。这只是——

时间走过的痕迹。

（2012 年 2 月）

晒被子

久雨见晴的日子，所有的被子都跑出来晒太阳。

我把棉被、垫被、毛毯、床单、枕头巾全搬出来，与阳光亲密接触。

看见它们郁积的闷气一扫而光，一个个兴高采烈。

一个个，散发着阳光的味道。

其实我也很喜欢晒太阳。

喜欢让太阳晒出我的阴影。

没有太阳的日子，那些阴影就得留在我的心里。

（2012年2月）

在婚纱影楼想当年

我与妻子走进了婚纱摄影城。

我们不是来拍照的。只不过为说要带女友回家过年的儿子，探一下行情。

各种幸福的样本布满了厅堂。温馨与浪漫的姿势，既一样，又不一样。

接待小姐展示了各色“套餐”：外景，内景，相框，相册，台历，挂历，手机，碟片，大的可做成半壁海报，小的可藏入精巧钱包……

当然，那个可爱的“纱”字要改为“金”字偏旁，要用四或五位数字来体现。

不识时务的我们，暗中吓了一跳。好在仍能坚持以微笑，掩盖了我们的落伍。

接待小姐笑容可掬：“小两口拍婚纱套餐的同时，您老是否也来一套？”

我们摇头答谢。

想当年，我们虽然没有婚纱，但“照”还是有的。

两寸。黑白。尽管只开销了个位数字，也并不缺欢欣或喜感。

三十七年了，也没有褪色。

（2012年1月）

水写布

一对退休夫妇，在一张水写布上，开始了书法练习。

毛笔蘸着清水，在布上却写出了墨迹。

一会又慢慢地淡去，如海水抹去沙滩的印痕。

三十多年前他们就这样练习过。热恋中，用手指在沙滩刻下了山盟海誓。

海水一次次地抹掉，他们又一次次写上。

三十多年，在与时光潮水的反复较量中，稳操胜券。

如今，水写布让他们回到当年。字迹一次次淡去，他们又让它一次次墨显。

承载着一万次书写，久用弥鲜。

练字时需要屏住呼吸，他们往往不习惯。

他们宁愿顺其自然。

三十多年的呼吸，吹老了他们的容颜。

却让慢慢淡去的时光，渐渐墨显……

（2011 年 12 月）

与伞同行

一把伞，就放在我的挎包里。

我出门，它也出门。影子一样跟着。

并不是淋雨时，我才想起它。

即使经常闲着，它也仍然紧跟。

时刻准备着，一起抵挡随时袭来的风雨。

这一点，小时我不懂得，吃过不少亏。

现在不会了。

经过了那么多风雨。伞和我都知道——

怎样去提防。

（2011 年 10 月）

钥匙与家

出门多日。还在上楼回家时，我就掏出了钥匙。

女人是要到门前才掏钥匙的，而男人在楼梯间就会掏出。

这证明我没有改变性别。

随手插入，轻轻扭动，吱呀一声。

我的家扑面而来。

前些天一直在外地走动，漂过许多别人的城市。

开门时没有钥匙，只有门卡。

往门锁上一照，门就开了。

似乎很方便，但一打开总感觉不对。

不用钥匙的地方，总是陌生的。

门卡打开的，是宾馆。

钥匙打开的，才是家。

（2012 年 4 月）

空酒杯

一群酒味相投的人，聚会时自选成了一桌。

酒杯们潮起潮落，一次次见底，一次次斟满。

只有我的空杯子坐在一角，静静地倾听与张望。

我是被他们硬拽到这一桌的。

自知经不起酒精的考验，也就从来不醉，因为从来不喝。

眼前是频频举杯，激情泛滥，滔滔不绝，神采飞扬。

我也很羡慕。羡慕应对如流的风度，与主动出击的勇气。

不过，只能坐在兴高采烈的包围中，泄露我的失意。

在他们强加给我一杯时，推托中，竟把酒洒了一地。

我还是我，总是握不住一只小小的酒杯。

握不住生活的把柄。

（2013年4月）

手的故事

那一年，一起跌入初恋的情节。

借一辆破旧自行车，填补三十公里的距离与每周一见的缺陷。

不知出于偶然，还是出于必然，后来分手了。

说分手其实不对。因为从来没有牵过手。

也许由于规矩，也许由于胆怯——

交往半年，竟然手都没有碰过。

那一天，在意料之外及情理之中重逢。

用一次难得的相见，代替了三十多年偶尔的想念。

也许为了补偿，也许为了纪念——

手，牵到了一起。

说牵手仍然不对。因为拉手并不等同于牵手。

毕竟对于牵手，一辈子仍是无此缘分……

（2011 年 3 月）

不算陋室

台风与暴雨，刷旧了宿舍大楼的容颜。
石米的外墙，一块块跌落。
并不妨碍屋内新鲜着悲欢离合、酸甜苦辣。
寝室与厨房是自己的生活。
客厅电视里是别人的生活。
书房电脑中装着自己，还有别人。

墙角叠放的一堆旧书。
外皮灰尘满面。
内页一尘不染。

（2013 年 6 月）

老爸与车

从儿子的车上下来，老爸顺手把车门关上。

“砰！”声音太猛，让两朵笑容速冻了。

车子很新，儿子刚买的。

老爸老了，已年逾花甲。

“轻一点嘛，车子会撞伤的。”

儿子嘟囔了一句，老爸没有回音。

是的，自己的新车，当然会心痛。

不过，年轻的风，不知道秋叶的感受。

其实自己的老爸，也会撞伤。

也会心痛。

（2013 年 3 月）

老爸的新衣

一件新潮穿在身上，把老爸六十多圈的年轮减去了一半。

走在街上同潮流一起涌动，站在花丛与花朵一起光鲜。

并不是老爸想赶新潮，他更舍不得去购买新潮。

这件衣服，本来就不是他买的。

儿子的新衣刚穿一两次呢，就想腾出衣柜挂新的时髦了。

问："爸爸，这件衣服您要不要？"

当然要了，难道把它丢掉？

老爸捡了儿子的衣服，就像过去年代，儿子捡老爸的衣服一样。

开始还有点别扭，渐渐就习以为常。

习惯成了自然，自然也成了习惯。

不会有讨论会。围拢过来的，都是温暖的目光。

一片树叶，随风从空中飘下，也在他身边转了几圈。

才肯落下地来。

（2013年3月）

淋个明白

走在低处的人，更关心天上的事情。

一块白云突然变脸，染黑了一条街的脸色。匆匆的脚步，毫不掩饰内心的慌乱。

只有我故作镇静。

一把隐身挎包的伞，总与我相依为命。不管是晴是雨，出门时我们形影相随。

可是这一次失算了！

昨晚也曾泪流满面的它，被我的粗心晾在家中。

作为结果，把我教训得淋漓尽致。

走在低处的人，不得不关心天上的事情。

天会有不测，人也会有意外。

虽然疏忽总是难免的。不过一有犯错，就得——

以沉痛为代价。

（2013 年 9 月）

一碗汤的距离

退休老两口，搬到儿子儿媳的城市，让亲情更加贴近。

需要有一个合适的住处。

不想两代人挤在一起，应留一点各自的空间。

亦不宜相隔遥远，都不想用想念代替相见。

儿子喜欢喝汤，妈妈也就喜欢煮汤。

她端上一碗靓汤来到儿子家门，那碗翻滚的热情，不会冷却。

或者儿子一家闻声来看父母，那碗火烫的感觉，正飘荡温暖。

唔，两间房的远近，约等于两代人的距离。

一碗汤的距离。

（2013 年 10 月）

麦芽糖小摊

桥这边没有，桥那边才有。

桥这边是摩天楼群，桥那边是骑楼古镇。

一个麦芽糖小摊坐在那边桥头，表示甜蜜的欢迎。

麦芽糖同骑楼老街名目繁多的民间小吃在一起，同发生在上世纪悲欢离合的影视故事在一起，同老榕树下的童年在一起，向我发出了召唤。

一个比我还老的老人，用一把久违的小铲，把透明的糖浆绕在一根小木片上。

像童年时一样，我盼望他多绕一下，再绕一下。

好滑的甜，好黏的甜，一口口地舔进嘴去。

无法一口咬进去。谁也不想一口咬进去。

让它慢慢地溶进心里，溶进甜蜜的回忆里。

真想就留在童年的桥头，不想再回到桥对岸去。

但，谁能不回去？

（2013年10月）

老报人

我走进报社大楼，又走出来。

进去时，保安一个手势伸出问号，问我找谁？

没有工作证？要登记，看身份证。

出来时有人送出，说保安是后来的，别见怪。

一想也是，我退休也有几年了。

进去时风华正茂，出来时鬓发满霜。

正如有诗人说，青春让大楼的嘴巴吃掉了。

一晃几十年，也不知是否可堪回首？

想当年面对现实，我也或有选择性失明。

真不如这位保安，火眼金睛，谁也别想混过去。

（2014 年 4 月）

雨中候车

雨总是跑得比我快。

我冲到候车亭时，它抢先一步，倾盆而至。

大雨顷刻把站台团团围住，把我团团围住。

名不副实的亭并没有瓦顶，站牌与广告版也不是墙壁。

我没有悲伤，却被迫不得不泪流满面。

大雨把时间拉长，把公交车的路途拉长。

把一些焦急，拉成失望与无奈。

不听招呼的出租车此时身价百倍，擦肩而过也目不斜视。

还在我的跟前，溅起一瓢冷水。

那就安心等候吧。

既然全身已淋漓尽致，也就无须担心

再大的风雨。

（2014 年 5 月）

婴国语言

“啊，喔，衣，乌，唉——”

近似汉语拼音，不过只有韵母，没有声母。

出自我三个月的孙儿的口，天然的呼唤，天籁之音。

离会说话还远着呢，就急于要表达，要喊出他的情感。

把复杂的事情简单化，让简单的语言复杂化。

丰富的内涵，多义的解释，充满了隐语，找不到密码。

笑是它，哭也是它，热是它，凉也是它，饿是它，拉也是它，手舞足蹈是它，心急气躁也是它。

张口讲了六十多年话的我，还是第一次接触这样的语言。

只能揣摸，猜测，瞎撞，甚至装糊涂。甚至只能跟着他学习——

“啊，衣，喔，乌，唉——”

当我生硬地呼出婴国的语言时，我的脸却莫名地生动起来。

我的语言开始婴童化，我的生活也要婴童化了。

（2014 年 10 月）

手指的味道

手指有什么味道？只有婴儿知道。

这位三个月的婴儿，喜欢把一根手指含在小嘴里。

舔完一根手指，又舔一根手指。舔完左手，又舔右手。舔得津津有味，吮得啧啧有声。

他对这个世界感兴趣的东西太多了，都得放到嘴巴来品尝。

而他的世界太小，世界给他的太少了。

能品尝到的，只有奶与奶粉。至多还加一种白开水，无味。

手中能抓到的，除了空气，只有自己的手了。

大人们总想去制止。把他含得紧紧的手指拉出来，把他从快乐的向往中拉出来。

不惜令他放声大哭，也要扭转这个“坏习惯”。

完全不记得自己的婴童时代。

那时，手指是多么的有趣，和有味。

（2014 年 10 月）

不在乎表扬的人

许多人都认识他了。这个三个半月的小童星，博得了小区里爷爷、奶奶、叔叔、阿姨的喜欢。

许多赞扬灌进他的耳朵，和我的耳朵。

高了，重了，一天一变，小圆脸很可爱，大眼睛好精神，双眼皮真漂亮，拍张照片可做成挂历，可放到橱窗里去。

爷爷我都听进去了，心里美滋滋的，只是故作谦恭，保持微笑。

他肯定没听进去。他还不需要这些，不在乎这些。

既不理睬，也不理会。

随心所欲地，照样想笑就笑，想哭就哭，要喊就喊，要闹就闹。

似乎心静如水，刀枪不入。

他的毁誉不惊，是天生的。原生态，纯天然，无污染。

想当初，我们那时也会是这样的吧？慢慢长大，慢慢变了。

直到修炼了六十多年，我还无法恢复。

若干年后，他还能保持吗？

——但愿。我这样祈愿。

（2014 年 11 月）

充　电

把手机接上电源，接上源源不断的动力。这是每天早上必需的功课。

不是小米手机的蓄电池太小，而是我每天耗电太多了。

屏幕的红点渐渐变蓝，这还不够。一定要充满百分之百。

直至变绿。同交通灯一样，绿灯才能一路畅通。

不然出门在外，随时都可能停水断流。

让远方跋山涉水到来的问候，被突然袭击的意外拉闸。

眼见微信中有一条精彩的视频，却无力拉得开厚厚的幕布。

挎包里，保证有充电器的位置。我有晴天带雨伞的习惯，有备无患。

——像我这样本来就储备不足的人，总得随时随地给自己加油。

每天早上充电的那一个小时，我也享受着与手机同等的待遇。

摊开书本，好让我保留着——

可持续使用的可能。

（2014 年 12 月）

心 散 步

我同所有人交往

从高尚的人那里仿效高尚。

从自私的人那里避免自私。

从快乐的人那里传播笑的种子。

从不幸的人那里分引悲的河流。

我同所有的人交往。同愿意交流者交流，同可以交心者交心，即使同魔鬼，也敢于打交道。

不巴结强者的权势，不凌辱弱者的可欺，向智者打开口袋，向愚者递过钥匙，为老者充当手杖，为幼者变作扶梯……

我同所有的人交往。问勇敢者要胆量，问成功者要智慧，给失足者以救援的手，给僵冷者一颗火热的心。

而对于卑鄙者、缺德者、丑恶者甚至阴谋家，我只是向他借一面镜子——

提防自己变成这样的人，又让大家提防这样的人……

（1990 年）

我愿倾诉，我愿倾听

小时向着母亲倾诉。

长大向着爱人倾诉。

从小到大，从壮到老，都可向着倾诉的，就是朋友啊！

倾诉，从巨大的成功到微不足道的愉悦，从爆炸性新闻到个人小小的秘密，从若狂的欢欣到心灵细微的颤动……

倾诉：呼天抢地的不幸，悲痛欲绝的苦难，怒发冲冠的气愤，跳进黄河也洗不清的冤屈……

有时是飞流直下的瀑布，有时是涓涓淌过的小溪，有时只是默默相望的无言的眼神或灵犀相通的会心的笑……

倾诉是一种交流，倾诉是一种信赖。无论是欢乐还是痛苦，向着知心的人，总是一吐为快！

我愿意向人倾诉，我亦愿意听人倾诉。

能够倾听并分享别人快乐的人，是幸福的人。

能够倾听并分担别人不幸的人，不是痛苦的人。

最痛苦的，只是那些听不到别人倾诉的，没有朋友的孤独者——

他的心，只是一片没有河流愿意流向的沙漠……

（1990 年）

密　码

远道而来的浪，会认识陌生的礁石吗？

远道而来的风，会认识陌生的树林吗？

远道而来的我，来到一个陌生的城市，找一个陌生的朋友。

我寻觅的目光，像湖水一样漫过列队等候的人群，辨认着那块期待的礁石。

等候的树林，也瞪大眼睛张望汹涌的来客，判别我是哪来的风。

突然，有四目相对，有不由自主的迎面小跑，有毫不犹疑的伸手紧握。

我们没见过面，我们没说过话，我们没有举着任何标志，也没有约定任何接头的暗号。

一眼就认准了。

是身上的装束呢？是走路的姿势呢？是焦急的眼神呢？

哦，也许是一种说不清的密码。

友情的密码。

（1992 年）

借我一双慧眼吧

都说他有一双慧眼。

一双鉴别真假的眼，一双识别伪劣的眼，一双不为疑云迷雾所惑，不容砂子尘埃所侵的眼。

就像一把刀子，那样锐利，那样准确，那样一针见血，那样由外到内由表及里透过现象直取本质。

令消费者拍手称快，让假冒伪劣产品原形毕露，使制假者售假者望风而逃胆颤心惊！

他是质量监督局的工程师，他是远近闻名的“打假专家”啊。

都想借他一双慧眼。

那双潜心学习的眼，那双刻苦钻研的眼，那双多年来在实践中越磨越亮实战中越炼越神的眼啊！

如今，他却突然下岗了。

一位激战前沿的哨兵，被解除武装了。一位冲锋陷阵的攻击手，被撤换退场了。

不是因为他的眼睛有什么毛病。而是因为别的眼睛出了毛病。

新来的局长，据说因了某些人的“投诉”，不得不让打假专家“下课”了。

到底是怎么回事啊？

也许，该借给那位局长一双明辨是非的眼。

也许相反，根子在这位专家有一双洞察一切的眼……

（2004年）

在牙科候诊室

因了不整齐的牙齿，不得不在医院排着整齐的队。

一排排整齐的椅上，齐刷刷坐着一排排候诊的人。

乖乖地等候护士阿姨的点名，就像等候“吃果果”的小朋友一样。

不一样的是年龄，不一样的是心情。一样的只是一个字：痛。

牙痛不是病，痛起来真要命。

即使愁眉苦脸，即使呲牙龇嘴，也不能像小朋友一样，哭出声来。

啊，那些歪歪扭扭、崩缺溃烂的牙，那些弯弯曲曲、或明或暗的洞，带来多少烦恼与苦难，多少无眠之夜与无尽之灾。

一位母亲在开导稍知悔意的顽童：谁叫你要吃那么多的糖？

我的耳边，也放响了儿时母亲的录音。只是，后悔总是追不上变老的脚步。

没有牙痛的人，也许是世上最幸福的人吧。

不过，没有甜味的年代，也是不堪回味的童年。

（2008年）

坐看退潮的大海

我又坐在故乡的大海边，读着退潮的大海。

不像涨潮时，那么兴高采烈地叫喊，那么汹涌澎湃昂首阔步地跳跃与跨越。

尽管也有声色，也有动静，也有一点小小的浪花。

尽管也在沙滩上留下一道吻痕，留下一些枯草与落叶的脚印，但绝不炫耀甚至也不留恋，那条曾经达到过的水准。

少时，我常在故乡观海。老来，我又回到故乡望海。

多少年了，我在反复的诵读与默念中，感叹它撤退的平静。

我认真想学，却终究还是学不到，大海它顺其自然，收放自如的进退。

（2008 年 5 月）

人　生

我来参加一条新船的下海庆典，看到另一条老船躺在沙滩上。

它实在走不动了。

在长年累月与天风海涛的搏斗中，已精疲力竭。

浑身的斑驳，记下了光荣与梦想，记下了伤病的惨重。

我不禁掠过几丝伤感。

那条兴高采烈奔向大海的新船，往后也难免这样的结局。

即使如此，那条初出茅庐的后来者，仍然在锣鼓喧天鞭炮齐鸣中驶向未来。

似是告诉我，也告慰它的前辈：

它决定在惊涛骇浪中，有声有色地，穿行它搏击的一生。

（2009 年 2 月）

在中国现代文学馆仰读《〈野草〉题辞》

一大片野草，顶天立地站在一面墙壁上。

走进中国现代文学馆的大门，它就令我，还有一大群同来的散文诗人深深地震撼。

清晰地听见了它撞击我的心房，以及他们心房时巨大的回声。

这片鲁迅先生种植的野草，这片我们非常熟悉的野草，曾经一次又一次地让我们震撼。

曾经为生命与革命的宣言，为火一般燃烧的激情而震撼。

曾经为意境的奇崛瑰丽、语言的凝练深警、手法的象征意味而震撼。

这天，这时，更加猛烈地震撼的，是它的体裁——

它是一首散文诗!

这种我们日常操练的文体，成了中国现代文学馆首屈一指的展品。

告诉着，散文诗在中国现代文学史的地位。

也告诉着，它在当今文坛上令我们愧对的地位。

我们默诵着这片野草，仰望难以逾越的高峰，握紧继续登攀的信念。

让一个个自告奋勇的照相机，闪亮一长排队列中，每一颗激动不已的心。

（2009年12月，追记2007年11月情景）

一次被酒打倒的经历

一杯茅台站在我的面前。

这是一个节日的欢宴。同座们频频举杯，席间荡漾着笑的波浪与酒的波浪。

只是在我面前的那杯酒，仍然巍然不动。

我亦内疚，我的向隅已让举座不欢，让喜庆的温度打了八折。

可是我从不喝酒呀。即使是茅台的醇厚与绵长，也不是我改变的理由。

利诱与威逼蜂拥而来，但一重重巨浪还是未能把我淹没。

这时一个身影举着酒杯站到我的面前。这座城市说话最响的这个人不听解释，只等着我的回应。

一大片目光守着，看我喝不喝，看我敢不敢不喝。

望着那杯好意与威严的混合物，我无奈地一仰而尽。

哄笑声顿时坐下。一些落叶像闲言碎语一般飘过，让我扑倒桌上。

我知道我很软弱。但毕竟，只是一杯酒而已。

即使我瘫倒在地，也不会变成酱香型的人。

（2008 年 10 月）

对一瓶酒的惋惜

只有会喝酒的人才会喝醉，而我不会。

因为我从来不喝。

即使被那群酒友绑架，我也不会醉。

那天，当他们快要被那条酱香的赤水河淹没时，唯我独醒。

既不被酒精麻醉，也不为酒文化陶醉。

只是当他们比赛谁的酒更好时，我才忆起我的珍藏：二十年前，我走访茅台酒厂，主人送给我一瓶国酒。

顿时，一片发亮的目光把我围困，我赶忙拨号让妻子把酒送来。

这才知道，那瓶不受重用的酒，已被不识字的老岳母拿来煮菜，所剩几等于无了。

一片惋惜，令酒友们全体扑倒。

于是争执起这瓶酒如今的价值，到底是三千，还是一万？

我也为那瓶酒惋惜。

不是惋惜那成千上万块钱，我不会拿去转卖。何况它也曾美化了我的菜肴，因此也谈不上浪费。

我只惋惜，如果不是我的麻木不仁，就不会扫荡了这一大片的豪兴……

（2009年2月）

一只玻璃杯跌倒在地

一只玻璃杯突然从茶几上倒下。

我赶紧用目光扶住它。脚步慢了半拍，手也够不上。

目送它跌落在地，撒了一地的碎片。

我太大意了！

原本以为不会有事，以为它钢化的身子足够抗得住摔打。

它曾摔倒多次。每次都只是在地上蹦跳几下，就平安无事了。

那是多年前的事，现在它已老了。

再钢化的身子也会老化的。

在打扫那些碎片时，它的尖利刺痛了我。

年轻时我也无数次摔跌而安然无恙，那些事也早已过去了……

（2009 年）

一朵绿云的失去

窄窄的宿舍小院，只长着这么一棵树。

阔大的叶片撑开一片阴凉，顶住了南国的酷暑。

在灰蒙蒙的天空中，升起一朵不走的绿云。

在老气横秋的楼群间，亮着一抹青春的诗意。

这是我老岳母的得意之作。狂风三次把它折断，她又三次把它救活。

可是有一天，这棵树竟被楼下的老婆婆砍掉了。

据说这种只适合种在墓园的树，会威胁她刚出生的孙儿的性命。

据说对此树爱如己命的老岳母，竟然也表示了同意。

怒火把我烧得通红。在燃向两位老婆婆的可悲与可怜时，却止住了脚步。

那一棵树已经无可挽回地砍去了。

我的砍刀，还能再向两棵树砍去吗？

（2010 年 2 月）

越来越像我的儿子

铃声响起。电话那头是儿子的朋友，说我的声音跟我儿子很像。

连我自己也觉得，不仅是声音，我跟儿子确实很像。越来越像。

翻看老相册，年轻时的我，就跟儿子一样疑似帅气。

读书时都有老师偏爱，只是英语成绩不能恭维。

很小就出门在外，至今都远离家乡。

年及而立时，才发现被爱情所遗落。

我越来越像我的儿子。我已年过花甲，他是我的一半。

眼睛打七折，不过对友人不会错认。

沉默少言，对熟人却滔滔不绝。

一起去打球。半夜看电视球赛时不忘相互叫醒。

脚步声也像。打鼾声也像。慢性鼻炎也属同一类型。

越来越像我的儿子。尤其是我穿上他的衣服之后。

他去追赶时尚。二手货衣服，问我要不要？

为什么不要？他淘汰的潮流，对我来说并没有落伍。

我越来越像我的儿子。

只是妻子说，走路的姿势完全不像——
他的身板很直，而我的背，总是不听话地自然弯曲……

（2011年4月）

我的生日被几个女人记着

手机奏响乐曲，有人从远方走来，祝贺我生日快乐。
几乎每年这个时候，她都会从短信中走来。
而且，每年也只来一次。只有这一天，她才会出现。
似乎只是为了提醒我，别忘了自己的生日。
曾问她怎么记住了这个日子？
回答是：“已记了三十多年，怎么会记不住？”

我常常忘记自己的生日。
我的儿子也记不住这个日子。
世上其他男人，更没有必要记住这个日子。
我的生日，只被几个女人记着。
小时被母亲记着，婚后被妻子记着。
还有，妻子的母亲也记着。

而她，不是第四个记住我生日的人。
在我母亲之后，她排第二，比妻子还早。
一个三十多年前，我的初恋情人。

一个三十多年后，还记得我的人。

不过我们都明白，手机后面分站着一个家庭。

在来信与复信中，再不会出现那些敏感的字眼。

在手机的奏乐中显出的最高规格的两个字是：“想念”。

（2010 年 6 月）

与一把老伞同病相怜

一把老伞，刚把它撑开，嘭的一声，一条筋就断了。

撑不开一把伞，如何能撑开狂风骤雨呢?

连修理摊的师傅都不肯收了。说，还不如去换一把新的!

伞是老了，伞骨还是硬的呀。

换一把当然好，不过已不是原来的那把了。

我把它拿回家中，老妻也珍惜这把老骨头，自告奋勇当起了外科医生。

接驳的筋，当然不如原来的好使了。

不加小心，随时可能旧伤复发，还会连累其他同伴。

妻子问：到底要不要?

当然要。毕竟还未走到冷落墙角的地步。

——我对她，也对自己说。

（2011 年 5 月）

从现任系主任手中接过当年的成绩单

复旦中文系主任的头发已经花白了，但不够我们的白。

五十出头的他，面前站着三排六十五岁。

而在一百零五岁的母校看来，学生们一律都倒退为小孩。

系主任自称为学弟，但今天仍然以老师的身份，给我们分发当年的成绩单。

被一个个点着姓名时，我们回报以一声响亮的“到！”

然后恭恭敬敬地一个鞠躬，双手接过了风华正茂的年代。

闪光灯不停地眨眼，留下半是庄严肃穆半是喜笑颜开的情景。

复制的成绩单成了精美的纪念册，历史文物般变得沉甸甸。

老头老太们顿时减去四十二岁，一个个青春焕发，神采飞扬。

我迫不及待地翻开时间的缝隙，窥视青春的履历。

那些优、良、中、可、差，尽管没能准确预见人生，但毕竟印着自己的脚迹。

时间顺流而下。不过有时也可以迅速倒片，从河流中截取某一朵浪花。

就如此时此刻，在一秒间追回了年轻的心情。

（2010 年 6 月）

再读维纳斯

残缺的确是一种美。

残缺着，强忍着辛酸与伤痛，只保留并展出着美。

更被公认为美的极致。

我要问：是谁打断了你的手臂？

她却满足着光鲜的现在，从不说自己的过去。

曾记得有一记著名的警钟：忘记过去，便意味着背叛！

她对此没有记忆。

人们似乎更加喜欢她。

正因她只有美，没有记忆？

（2011 年 1 月）

有人送我两亿三千万

友人发来邮件，说要送我两亿三千万。

当然笑纳，不要白不要。尽管明知是开玩笑。

一个亿是记忆，珍藏一切快乐的事，可爱的人，美好的心情。

一个亿是失忆，抛掉所有的不幸、痛苦、烦恼，以及阴影。

千万要开心过日；千万要保重身体；

千万要开放心灵。

我照单全收。我立即转送。

我一下子就成了亿万富翁。我还想造就更多的亿万富翁。

真是幸运啊，收到了这么丰厚的礼品。

更感幸福的，是有这些送我礼物的人。

以及，愿意接受我的礼物的人。

（2012年10月）

天生幸福的人们

一位姓符的人，给我说他接受了电视记者的采访。

请问你幸福吗？

是的，我姓符。

你全家都幸福吗？

不但我家，而且我们村，甚至我们县，许多人都姓符。

在我们海南，姓符的有几十万人呢。

请问幸福是怎么来的？

天生的呀！我一生下来就姓符了。

而且，还会世世代代姓符下去，永远不会改变。

那么，请问你贵姓？

姓符啊，不是早就告诉你了吗？

明白了，这次采访，只是他的创作。

我不禁为其聪敏与机智所折服，为乐观与风趣而赞叹。

为姓符的人们而祝福。

我知道，这些姓符的人确实是幸福的。因为幸福——

本来就是一种感觉。

（2012 年 10 月）

新年短信

一阵阵锣鼓鞭炮声扑面而来。

我一条条捧读手机中贺年的短信，真想找一只记者的话筒——

抢答有关幸福的提问。

原来世界上有那么多的人爱我！

有的来自身边，来自朝见口夕见脸。

有的来自千里万里，穿过寒冬的飞雪，甚至远渡重洋。

有的来自几十年前。

他们大多同我一样，久不相见，经常想念。

让我爱不释手，反复诵读。

让爱我的人，一个个再爱我一遍。

一句句感恩的回声喷薄而出。

用心的回音壁，我一条条反馈感谢与祝愿。

忙碌的手指弹响快乐的心情。

谢绝满大街流行的隽言锦句，我用最简单朴素的表达。

告别一秒钟搞定的群发手段，我一个个回复。

一条条风雨兼程，快递专送。
所有爱我的人，一个也不能少——
我要一个一个地，再爱一遍。

哦，还得抢在有些爱我的人出发之前，
我先爱他们一遍。

（2013年新年开笔）

老同学

一位大学老同学，从四十五年前走来。

在我的城市海口，我陪她游海瑞墓、苏公五公祠。

还有火山口。

这些历史，翻阅了四百年，近一千年。

有些是几万年了。

一点也没有改变。

而我们，除了老同学的称呼不变之外。

似乎一切都改变了。

在送她前往三亚的天涯海角时，我们挥手。

汽车摇晃了一下。

我也摇晃了一下。

（2013 年 1 月）

听　海

大大小小的石头坐在沙滩上，听着大海说话。

我坐在它们中间，是一块新来的石头。

漫长的海湾，每一段说的并不一样。

不同的时段，也说着不同的声音。

有的嘻嘻哈哈，一路奔跑，跳过晨曦的脚踝。

有的壮怀激烈，汹涌澎湃，宣布青春的飞扬。

有的风平浪静，平心静气，细说风轻与月白。

同大大小小的石头一样，我一动不动地坐着。

侧耳倾听大海说话的声音。

听着它，无意中说出了我的一生。

（2012 年 10 月）

海之味

世界上，并不是你一个人才有苦。
各有各的苦。
那天，我在海边坐成一块石头，把我的苦向大海倾诉。
一些浪花溅到身上，让我尝到了海的滋味。
如此胸怀宽广的大海，也装着一肚子苦水！
不过它不轻易对别人说。只有亲近它的人，才能知道。
对此，平时人们也不想去知道。

大海毕竟是大海。
我亲眼看到它，一肚子苦水，也可以变成——
力量。

（2013 年 7 月）

路过木瓜园

迎风的坡上，只见这一大片木瓜树——
以一种奇怪的阵式，整齐划一地卧倒。
保持了台风的姿势。
几乎匍匐在地。只靠一口气，斜起了身子。
一改往日的亭亭玉立。
简直在图解弱不禁风。
好在并没有折断，更没有连根拔起。
令人惊讶的是它的枝头。
照样结果！
重要的，也就是结果。

（2013 年 6 月）

老同学的博客

我与他的交谈远隔重洋，不分日夜。

我的白天是他的黑夜，他的白天是我的黑夜。

世界真大。我们相隔一万五千公里，相隔四十五年。

世界真小。鼠标轻点，便听到彼此的脚步，还有心跳。

外面的世界很精彩，可以随时复制。

外面的世界很无奈，亦能直接删除。

只把相互的思念，一次又一次粘贴。

一起丰富，一起充实，一起感受，一起轻松或沉重。

一天又一天，一年又一年，一起分享片刻的欢愉或千年的哀伤。

不知不觉间，大家都苍老起来。

好在没有相见。

就经常可以回到四十五年前——

相互的年轻。

（2013 年 9 月）

老同事

离开一个单位很久以后，有一天被一条温馨的短信记住。

带着温馨的夜色，我们在一个比温馨的度数高得多的火锅店围炉而坐。

一群老上司、老伙计以及年轻的老部下，把我推上主位。

一条不成理由的理由，让我成为主角：只因我离开了，而他们仍在一起。

火锅里倒进了许多鲜肉、鲜鱼、鲜菜、鲜豆腐，夹出来却都是一些旧时、旧地、旧人、旧故事。

话题中我被一次次出场，说起我在时的各种好处，我走后的种种空缺。

过奖的评功摆好，让我在火锅前无地自容。

我知道并不是我怎么重要，而是离开的人也同离开的物品一样。

失去的东西，才显得珍贵。

而且我早知道，我的社会形象比我的真人好许多倍。

至于我的不好，他们不知道。我也不想让大家知道。

沸腾的火锅被深沉的夜幕熄灭之后，汤汤水水仍在我心胸中久久荡漾。

才发觉，这世上并不缺少惦记我的人。

如果此时有话筒来问我：什么叫幸福?

我就会指着：这时，这地，这个情景……

（2013 年 11 月）

目击冬奥会女子千米速滑金牌的诞生

这个中国姑娘滑得真快！

刷！刷！刷！这个叫张虹的黑龙江美女，在索契冬奥会女子千米速滑的冰道上，闪电一般划过世界的眼睛！

飞得比马年的马还要快！

元宵节还差半个小时才到来呢，她就提前带来了节日的欢庆。

让坐在电视机前的我们，跟着一团红色的火焰在冰道上飞了两圈半，只花了一分十四秒零二。

此时，比赛还没有结束，三十六位选手十八组的决赛还在进行。让我们揪着一颗心在纠结，在等待。

耐心地，盼望更快更强。又盼望没有人能比她更快更强。

等待了六十二分钟，不，等待了整整三十四年啊！

上届的冠军、世锦赛冠军、世界纪录保持者、目前世界排名前几名的对手，一个个在她的惊人成绩面前，望尘莫及。

这是实力的见证。这不是靠幸运，不是靠对手的失误而

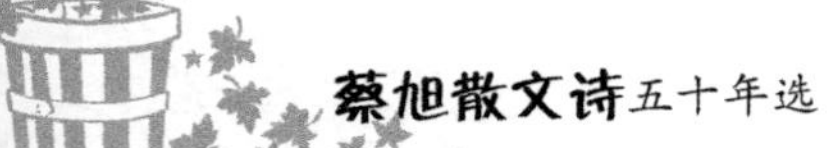

得来的。尽管幸运也是比赛的一部分，也是实力的一部分。

这一次，让全世界的对手都没有叹息，只有敬佩。

于是，一面鲜艳的五星红旗带着我们的掌声，在冰道上环绕全场，惊喜交集地疯跑。

宣告着：她跑出了中国速度。

跑出了中国从未有过的速度。在大道速度滑冰上，中国此前还未有过金牌的突破。

在她跳上最高领奖台时，在电视机前的我们，情不自禁地站了起来。

中国，又长高了。

（2014 年 2 月 14 日，元宵节上午）

望 海

一块礁石站在海滩，执著地张望。

把想念忍在心里，把寂寞、忧愁和深深的爱忍在心里。

年年岁岁，望出了一身的皱纹。

一片海浪，从遥远的天边脚步匆匆地赶来。

到了跟前，迫不及待地拥抱得激情四射。

抱得泪流满面。

渔家女在海边，站出悲喜交集的形象。

老奶奶在侨乡，讲起望眼欲穿的故事。

望着海滩的礁石，我的心中，竟有了海水的味道。

（2014 年 3 月）

不再轻信

曾有过坐在电视演播大厅的经历，看一些人在台上载歌载舞。

舞台两侧，各有一个呼风唤雨的人。他们的手臂一次次高高地举起，一次次扇起风浪。

全场便一波波地卷起汹涌的涛声。

我坐在台下，忽然发现自己改变了身份。

不再是观众，也成了演员。

后来在观看电视晚会时，对所有如潮的掌声与欢呼，都本能地产生了疑问。

即使真的是全场轰动，也看作是人造的波浪。

即使现场观众的嘴唇开放得多么甜蜜，也认为是台侧的导演，给他们喂了太多的糖。

也就不无偏见地认定，那一大片的人群，只是一棵棵树——

不管吹来的是什么的风，都会哗啦啦地热烈鼓掌。

（2014 年 2 月）

偶遇一盏萤火虫

是谁提着一盏灯，划过了我的惊喜。

划过山村之夜的寂静。划过若隐若现远山的暗影，若有若无山溪的歌吟，若即若离草丛的清香。

划过看不见摸不着的风，还有无处不在的空气。

划过我半个多世纪的岁月，回归童年。

我曾惊诧于一些青年，甚至中年，竟说从未见过萤火虫。

更不要说城里的儿童了。

就连我，与这位童年的小朋友也已失散多年。

可惜，没有夜晚的城市不会有它的飞翔，许多乡村也见不到它的灯影了。

这种提灯夜行的小精灵，只选择植被繁茂、水源洁净、空气清新的环境安身。

它奉行浪漫主义，只栖居于诗情画意。

这一晚，我们久别重逢。

我看见它提着一盏灯，照亮了一座美丽乡村的标签，照亮一些放心食品的鉴定。

照亮了生态文明的一种可能。

是的，萤火虫已离我们越来越远。

我只不过，遇到了偶尔的幸运。

（2014 年）

失去的鹭影

我把脖子仰向天空，仔细扫瞄与不断刷新林中每一棵树顶。

寻找静止中那些飞动的身影，绿丛中点点白色的精灵。

这里也曾叫鹭鸟天堂。

画册里万鸟归巢，铺天盖地的白雪降落在南方的丛林。

可是现实把我的记忆一笔删除。

树顶上一两个风中飘摇的老窝，只保存着它们来过的踪迹。

路过的老伯指着另一个方向：到那边去看看吧！

那边，是村旁一条正在最小化的河沟。

“你看还有没有小鱼、小虾和田螺？

白鹭也跟人一样，不光是唱歌跳舞，它也要吃饭。”

（2014 年）

给李平打电话

叫这个名字的人太多了，我记住的只有这一个。
一个平凡的人，占我心中非凡的位置。
五十年前就是我的偶像，一个最会讲话的人。
让一门写作课舌粲莲花，满室生香。

这天我的电话过去，师母把话筒递到床上。
回应的没有词句，只有“哦”“唔”几个单音。
一个最会讲话的人，现在却取消了说话的权利。
我能明白他的意思，无词的歌用不着翻译。

五十年间他说的许多话，一下子在我的耳旁响起。
我再也说不出话。电话线两头，只留下——
两颗心的呼吸。

（2014 年 5 月）

我看中日甲午战争一百二十周年

一百二十年了，我看见邓世昌及他的致远舰还在战火中沉没，看见闭不了眼的黄海仍在怒涛翻卷。

看见宁死不屈的刘公岛，即使北洋水师全军覆没，也同丁汝昌一起誓死不降。

中国人缺的从来不是热血与壮志。

可是马关条约，还是记下了割地、赔款、五口通商的血泪账。

此时，我不想看见但还是看见了，那个忙于筹备六十寿诞的垂帘听政的女人，正做着颐养天年的美梦。

把购买枪炮弹药的白银，去交换一座皇家园林的风平浪静与歌舞升平。

一百二十年了，一记警钟一直在耳边宣示一条教训。

但似乎并没有挖出落后的原因，及比落后更加危险的隐患。

是的：落后就要挨打。

我想，挨打的关键词应该换上两个字：

腐败。它会亡国！

（2014 年 7 月）

致友人电

你说要给我寄一本新出的书，寄平邮就好了。

它可以一直走到我家楼下的信箱。

不要挂号寄来。挂号到来的只是一张印制的纸片。

我还得怀揣一张脸孔不靠谱的身份证，走三十分钟到邮局。

排三十分钟的队，或者更长。

需要辨认的东西，才要挂号。

容易冒领的东西，才要挂号。

担心走失的东西，才要挂号。

害怕忘记的东西，才要挂号。

不要说这本带着你音容笑貌的书，才跋山涉水半个月加五千里。

就算它要走过五十年的风雪交加、惊涛骇浪、刀山火海，都不会发生那些意外。

都不会，翻脸不认人。

（2014 年 12 月）

师友们

重返仙湖访柯蓝诗碑

四十二块黑色大理石与三十九章柯蓝散文诗，在深圳仙湖植物园盆景园湖光山色鸟语花香的长廊里，吟唱两年了。

记得揭开红绸那一天，下起了大雨。

五彩的伞群，同散文诗一起缤纷地开放。

突然我有幸被邀上台来，即席倾诉一位晚辈的祝贺与敬意。

面对着那位永远焕发着活力、想象力、创造力、感染力的散文诗大师，面对那颗八十六岁的童心，我激动地宣布——

“散文诗让人不老！”

导师用点头与微笑，通过了我的“研究成果”。

如今，我踏着春阳的灿烂作旧地重游，那天的主人公连那湖南腔的笑声，都远去了。

我只能向着满园的纪念碑致敬。

我同一群群陶醉在深情与沉思的人，蹦跳的矫健的蹒跚的人，黄皮肤黑皮肤白皮肤的人，用眼、用嘴、用心来朗诵。

那些石头上镌刻着的阳光与花朵，会经常到我的心，还有你的心他的心里——

作客。

（2008 年 3 月）

同郭风的第一次会面

1986年9月的阳光分外灿烂，是因为我们住在就日峰吗？

岷江就在脚下，青衣江大渡河就在脚下。神秘的拔地七十一米的乐山大佛就坐在脚下。

在大佛头上散步，突现的高度与轻易的成功让我们难以相信。

先生就在这样的时空中出现了。作为中国散文诗学会两会长之一，您是第一次在诗会中露面。

让我二十多年的想念变成了相见。

深蓝色卡其布中山装讲述着平易与亲近。方脸上泛出的微笑散发着慈祥。

空气里似乎荡漾着叶笛，优美而悠长，绝妙的背景音乐。

许多年轻的笑容在您的微笑旁边定格。

我也在幸运之中。一边是您的亲传弟子，一边是我，一位门外学生，同您一起坐进了镜头。

“为散文诗创作的发展互相勉励。”——您的谆谆教诲留

在我的纪念册里。

就在此文尚未定稿的日子里，突然传来先生仙去的噩耗。

令我不能不整日想起您，想起您在大佛头上的就日峰对我们的激励——

“每个人都可能站到大佛的头上。”

想起您壮实的肩膀，其实我也想站上去。

不过心里明白，追赶已经很难，超越也就更难。

（2010 年 1 月）

跟着李耕的脚迹

二十四年前，哈尔滨散文诗年会，给了我梦寐以求的初会。

从未见面的老师终于见到了。由此再上溯二十二年，我的诗情就是你点燃的。

这次，你赠我一首《不落的太阳》：“生活，是点燃我们的太阳。”

我的跋涉，不再缺少明媚的阳光。我的奔跑，不再缺少燃烧的力量。即使坎坷与泥泞，也不至于会迷失方向。

弯弯曲曲的路，断断续续地走，也印上了我密密实实的脚迹。

蓦然回首，已走过四十六年。那个初出茅庐的莽撞少年，亦是鬓发皆霜了。

“霜铺板桥。一串串繁忙的脚迹上，每天都有一双最早的脚迹。”

你说：“最早的脚迹，是造桥人的脚迹。”

而用霜铺成的我的散文诗之桥上，最早的脚迹，是你的脚迹。

如今，我看见你，一个比我老的老头，还在前头不倦地奔走。

我不由得紧紧跟着。

沿着你的脚迹，跟上我的脚迹。

（2009 年 12 月）

读耿林莽《月光下的小偷》

小偷空手而来，又空手而走了。

留下林莽先生，呆站在空屋里。

满屋颤动的月光，白花花的散银在地上游动。

为此而来的窃者，并不想带一些月光离去。

他不知所有的财富，都装在先生的头里面。

即使告诉他，也拿不走。

先生微笑，又莞尔一笑，后来就站在莫名的烦扰中了。

他装在头里的财富汩汩漫出，游动的月光照亮了整张报纸的版面。

在我枯竭的河床，淌过一股清澈与轻盈。

那些白花花的月光，小偷不要，我要。

它正是我的最爱。

（2009 年 9 月）

坐在许淇的速写里

我坐在二十一年前。

张家港的凉风吹散了八月的热度，散文诗的激情却煽动着一群年轻与不那么年轻的胸膛。

在诗会的间歇，第一次拜识的先生，却要为我速写一张画像。

很意外。很惊喜。很激动。

这位敬仰多年的偶像，要为一位晚生造像吗?

这支价值连城的从江南故乡画遍塞外草原的画笔，要来描绘我的形象了!

这位诗名远播的前辈，要把诗情与妙句，注入我的音容了……

我坐在沸腾与冷却之间，不敢轻举妄动。

在五分钟的思绪纷飞中，坐出神采飞扬。

微胖的艺术家的脸一下放松了。一大堆评论拥簇过来，满屋子荡漾着惊叹。

我也觉得太像了，当然画中也有许多美化。

比如，比真人要年轻多了。

到了二十一年后的今天，画像更年轻了。

我明白先生画的是他的意象。是他的寄托，还有期盼。

于是我用二十一年的想念，也给先生画了一张像。

不是用纸，不是用笔，而是用心，画在心上……

（2009 年 12 月）

徐成淼与我的称呼

他称我校友，我叫他老师。

我们曾走进同一间大学，他比我早八年。

这就足以让我称师了。

在他入校三十年时，我们才相认恨晚。

曾因一首散文诗被扣上“右派”帽子，他蒙冤穿越二十二年九死一生的磨难后，又用散文诗宣告归来。让我和世界一起，认识了一个坚韧不屈的灵魂。

这就更要令我拜师了。

我曾几次进入他在贵阳的寓舍，可惜从未有机会进入他的讲堂。

只是在他的诗作与诗论中，尽情领略散文诗的精灵的风采。

捧读他豁达的痛苦和隐忍的热情。聆听他探索生命，深悟人生那苍凉热情的歌声。

在气势磅礴，激情澎湃，节奏强烈，旋律华丽，及一连串的意象叠加中，见识浓缩与凝炼，热烈与厚重，突破与自由，刚毅与柔美，现代感与宇宙感。

年轮又转了二十多圈，我一直因学不到手而焦虑与抱憾。

承认着学生与老师的差距。

好在一卷他的散文诗五十年自选集《一代歌王》来到我的手中。

他在扉页中亲切地呼唤：校友！

我更为恭敬地回应：老师！

（2009年）

与管用和在长江上谈《溪流》

江轮顺流而下。

重庆——三峡——武汉。在乐山诗会之后，先生与我顺流而下。

相对而坐，促膝而谈。听先生讲解长江，讲解散文诗。

于是我眼前有两条河流在流淌。

一条是吞云吐日一泻千里的长江。

一条是《黑夜里的溪流》。

——那是先生的名篇。

那条在黑暗中不停歌唱，但绝不是歌唱黑暗的溪流，在当代散文诗的长河中，独辟蹊径。

也在我聆听的沉浸中独辟蹊径。

我知道，面前的先生也是一条溪流，也曾多时在黑夜中歌唱。

于是那条唱歌的小溪，在我的眼前也奔腾着大江东去。

时间顺流而下。

流过二十多个春秋之后，有一天一本先生的新著诗集寄到我的手中。

我知道，那条大江正在日夜兼程地奔涌。

我同样知道，那条小溪，据说逐渐变老，但绝不会停止歌唱。

（2009 年 12 月）

陌生的王宗仁伸出熟悉的手

一只热情的手，从马路对面伸过来。

带着小跑，三步并作两步，穿过斑马线迫不及待地伸过来。

要不是一把伞撑着北京飘雨的冬晨，他肯定会伸出双手。

那是一张陌生的脸。那张又焦急又兴奋的脸上没有写着姓名。

我的脸上也没有写着姓名。

我们就这样相认了。筛过了总后勤部门口大街上川流不息的人群，我们做出了正确的选择。

我不知他怎么认准了我？而我是认准了那只伸出的手。

我曾熟悉那双手！

那在我的散文诗跋涉中多少次拉过一把的手。

那在总后勤部以至全军全国写作者中不知拉过多少人的手。

那把青春的血与汗洒在青藏高原的风雪中，又几十年如一日把风雪高原的青春血汗注进笔端的手！

把我紧紧地握住。

握得一个晚辈浑身浸遍暖流，直冒热气。

握得二十年都没有松开，至今都留着温暖，以及力量。

（2009 年 12 月）

有关海梦的印象

认识他是在1986年的乐山就日峰。一个离海很远，离诗很近离梦很近的地方。

我记住了他。一个把很远与很近连到一起的名字。

一个年过半百，正当着团刊主编的老青年。

后来就很少见到他。

后来就总是见到他。

只知道他在到处奔走。为海，为梦，为诗。

之后就在四川盆地席地而坐，把他的诗他的梦变成一片海。

这片海，地球仪上暂未标明，诗的地图里叫《散文诗世界》。

他在那里掀起浪涛，波及平静的中国诗坛，以至世界。

他以海的浩瀚与深厚，细腻与轻盈，讲解他的梦。

吸引了千百万弄潮儿鹰飞鱼跃，捕获着生猛，养育着真珠。

有诗，有梦，有海。他的自我实现了，但仍在到处奔走。

至今我很少见到他。

至今我总是见到他。

年轮转得太快，我已从壮变老，好像他也年近八旬了吧?

印象中他仍是团刊主编。团组织的成员，一般不超过二十五岁……

（2010年11月）

邹岳汉振臂一呼的瞬间

振臂一呼！

又见邹岳汉的身影。

为的是，鲁迅散文诗《〈野草〉题辞》顶天立地在中国现代文学馆开门见山的墙上，而鲁迅文学奖却至今没有散文诗的一席之地！

应者云集啊！

他的感慨，用与年及七旬甚不相称的充沛的中气发出，令 2007 年 11 月 11 日的中国现代文学馆顿感震动。

在中国散文诗九十周年的纪念与颁奖大会，卷起波澜。

弥漫全场的不服与不甘，潜伏在四周的使命感与进取心，被一语击中。

我在现场。眼前不禁晃动起几张他为散文诗振臂一呼的老照片。

1985 年，他在不出名的湖南益阳体育场东侧借用的十平方米小屋振臂一呼，诞生了后来很出名而且越来越出名的《散文诗》杂志。

2000 年，他在漓江畔用《中国年度散文诗》振臂一呼，此后多少年过去，汗水与心血中筛洗出一年比一年丰盛的收成。

一次又一次，应者云集。

这一次，他振臂一呼的瞬间，又被历史的闪光灯抓拍，在中国当代散文诗的史册上定格。

长年以置顶的资格，在《中国散文诗网》上定格。

也在我那颗为散文诗奔腾不已的心上，定格。

（2010年12月）

听陈志泽唱《草原之夜》

每当想起草原之夜，就想起你的《草原之夜》那悠扬的歌声。

那是80年代中叶一个夏夜，歌声在呼伦贝尔辽阔的原野上飘荡，在篝火旁手把肉的喷香中飘荡，在蒙古包泡着欢声笑语的奶茶中，飘荡……

飘出了散文诗的激荡与舒放，深情与细腻，韵味与回甘。

我们的结缘就是由散文诗开始的。此前的哈尔滨散文诗年会上，我们就同居一室。

呼伦贝尔的散文诗之旅，一曲《草原之夜》，把两个同代人连得更紧。

散文诗人的歌喉真该像你嘹亮而动听，散文诗就应这样奔放又柔情。

岁月的秋风，不动声色地翻过了二十四本挂历。

这些年我们在报刊上惊喜地相见，用一本本散文诗集交谈。

又一次在散文诗会相聚时，我们都成了退休老人。

不过你显得比我年轻，是因有歌声作伴吗？

你却坚持比我长两三岁。不像一些本来比我年长的人，后来又比我年轻了。

一曲《草原之夜》！又把二十多年的时空一笔省略。

宣告着一群散文诗友，永难忘怀的友谊。

诉说着你，一位散文诗人，源源不断的诗情。

（2008—2009年12月）

捧起王幅明的大书

初次见面时他就在编书。

好像是在二十年前的朔州散文诗年会。在五台山风光、应县木塔、北岳悬空寺的走马观花中，竟把他的地址丢失了。

几次搬迁后，以为他也会把我丢失。

不料十七年后，一封约稿信从天而降，他是从哪找到我的?

于是我被他引进了《中国散文诗九十年》，一部两大卷一百五十万字的大书。

这部由他主编的中国散文诗的史诗，以其宏大的规模、广泛的视角、精当的筛选，如一座空前的巨碑耸立在中国散文诗的时空。

这部史上最牛的中国散文诗大书，我已数百次捧读。

在一遍遍翻阅前辈、同辈、晚辈师友们的精品佳构的同时，一次次向王幅明致敬。

一次次猜想，这位把散文诗起名“美丽的混血儿”的诗人，这位高瞻远瞩的编书人，怎能细心到连我这样只出过几本小册子的操练者都不至于遗漏？

现在又一张约稿函飞来了。一套《散文诗的星空》的系列丛书又快诞生了。

王幅明的又一部大书又将横空出世了。

我赶紧收拾行装，向大书报到。

不由得再一次捧起他的大书。这里是他永久的地址，再也不会丢失。

（2010年8月）

桂兴华走在南京路上

全场和我一下子认识了你，那位在诗会上高声朗诵《南京路在走》的人。

大上海的代表作南京路，还有你的代表作，连同上海腔的慷慨激昂激情奔涌神采飞扬，一概走进我的心底。

走进我们二十多年的友情里。

往后在会场在书信在电话中相见时，我总要问：还在不在走?

当然，在你的理直气壮中，“南京路还在走！”

再往后，我就不再发问了。

我看见了南京路在走，因为，你在走。

在报刊上走，在广播上走，在朗诵会电视片上走。

让带着霓虹色的豪情激情深情，同东方大都市日夜兼程，风雨兼程。

跟它的脚步，它的呼吸，它的愿景还有梦想同步。

就这样一直走了二十多年之后，听说你也要告老歇气了。

我不会相信。

这不，我看见你春风一步过浦江，同浦东巨变，同世博盛会，同2010一起前进。

我看见了南京路在走，因为，你在走。

（2009年12月）

张庆岭伸出小拇指

交往二十年，从未见过面。

只在诗中见过。

交流着诗集。交流着诗稿。交流着诗情。

让两颗诗心，在信件、电话、短信、电子邮箱里，在海南岛与山东齐河两地来回奔跑。

直到前年的某一天，想起交流相片，才终于见上一面。

他坐在全家福的欢笑里，却叫我认不出来。

一个躲在诗的后面，活泼得如同背着书包的小孩的人，却也到了退休的年龄，比我也才少了一两岁。

一个热情、机敏、空灵，想象力漫天飞翔的诗人，却也是一个憨厚的山东大汉。

老实人与不老实的诗摆在我的面前，让我不敢相认。

令我对诗如其人的古训，顿起了疑心。

对于他的诗作、诗话、诗评、诗观，我佩服得经常伸出大拇指。

他不接受大拇指，至多接受小拇指。

他主编的诗刊，就叫《小拇指》。

拇指虽小，却要短、深、真、灵、美。

让我自叹难及，又忍不住要追赶。

面对按期飞来的《小拇指》，情不自禁地，伸出我的大拇指。

（2010年8月）

读天下

卢浮宫三宝

维纳斯

维纳斯的断臂找到了！

这个在大地的怀抱里沉睡了两千年的女神的雕像，被米洛岛的农夫无意中发掘出来时，就一直缺失两条玉臂。

这个在卢浮宫站立了近两百年的爱与美的象征，被超越了国度与时代的人们仰慕着，叹息的就是没了双臂。

高贵典雅又丰满诱人，端庄秀丽又婀娜多姿，精美绝伦又魅力无限……

两千年的遗憾，两百年的盼望，你在哪里？这双秀美的断臂！

维纳斯的断臂找到了？

这位女神的双臂，竟是两只丑陋的“男人手”！

据说，它拼在维纳斯身上，惊人地吻合；碳元素的测定，确认是真品。

是喜剧？是闹剧？是骗剧？

不！是天大的悲剧！

暗示消失了。想象消失了。梦幻消失了。艺术消失了。

美，也消失了……

不！舍弃局部才反而完整，欠缺真实才高于真实。没有这对难看的手臂，反而才是完美的。

啊，保留那个断臂的女神吧！

我们不要那些完整的“真实”，我们宁要残缺的完美。

胜利女神

又是一件残缺的作品。

这位无头的希腊女神的雕像，从公元前二世纪呼啸而来，带给人们战胜敌舰的欢欣。

尽管散失了头，但从她挺立船头，昂首挺胸，迎风展翅的英姿中，我们领略了一往无前的气概和扬眉吐气的风采。

大理石迸发出热情，静止中展示了奔放。从她看不到的面容里，仿佛看到了庄重与秀美，刚毅与从容，眉飞色舞与笑逐颜开。

健美的身躯，告诉着什么叫迷人。

衣衫的皱褶，描述着什么是精致。

听，飘逸的裙裾中，有海风呼呼在响。

看，贴身的裙脚上，是激浪溅湿了身。

无言的石头，讲述了风的感觉，水的感觉，声音的感觉，讲述了风云激荡、欢声雷动与神采飞扬。

即使是瞬间，也会有恒久的美感。

即使一个人，也会有丰富的蕴含。

即使是残缺，也会有完美的魅力。

胜利女神的雕像啊，让我沉浸在欢庆的氛围中，又萦绕在遐思的梦幻里……

蒙娜丽莎

五百年来，你就这样超越时空，同蜂拥而至的一批批过客面对面交谈。

你那端庄的容貌溶多少慈爱，妩媚的情态含多少情思，安详的神色传多少自信，传神的眉目有多少梦幻，你那神秘的微笑啊，藏多少猜想……

你是一个贵夫人？是画家达·芬奇的情人？是达·芬奇的母亲？甚至有人说，你是戴上了发套的达·芬奇自己……

五百年来，许多醉心于发微探幽的人，不断地挖掘出有关你的身世与根源的“证据”。

我不理会那些有据或无据的证据。

不管怎样，你是一个人啊，你是佛罗伦萨一位女市民。

你不是神啊，不是以往许多画家笔下的圣母、仙女或者伟人。

你只是达·芬奇的心中与笔下，饱含着激情与挚爱，寄托着理想与思索的普通人。

这是最早的画人的画像啊。这是一个转折，绘画史上从歌颂神到歌颂人的划时代的转折！

歌颂人，歌颂人的内心世界，歌颂人的美好情怀。人，

才是最有价值，最值得歌颂的啊！

怪不得五百年来，那么多的人超越时空地一批批蜂拥而至。

只因你不仅可供人瞻仰，而且可以面对面交谈。

（2003 年 8 月）

联合国大厦广场有一座中国鼎

中国赠送的一座宝鼎，竖立在联合国大厦广场上。

在风雨飘摇的世界，稳稳地立住阵脚。

给动荡不安的地球，一颗中药救心丸？

它是古时的炊器，给在饥饿、贫困、疾病、战争中濒临绝望的眼神，捧出温饱的祝福。

它是立国的重器，也是立世的重器啊，以公正与庄重，维护着平衡与平稳。

在联合国大厦广场绿茵茵的草坪上，中国鼎讲解着五千年的文明。

在联合国大厦风云变幻的会场之外，中国鼎显示出十三亿的心愿。

呼唤和平，呼唤安定，呼唤春风梳杨柳时的欢欣，呼唤惊涛骇浪中的镇静，呼唤炮火连天前的警报，呼唤伸手不见五指时的光明……

到过联合国大厦广场的人，都看见了中国鼎的重量。

有人说，自从中国鼎来到了这里，甚至联合国大厦那大片玻璃幕墙围护的三十九层高楼，也减少了晃动……

（2009 年）

翻看纽约世贸中心老照片

世界贸易中心的双塔，就站在我的后面。

这两幢纽约的地标，以它们一百一十层的身高直插云天，令整个曼哈顿区的繁华矮了半截。

为了照下它的全貌，我不得不登上游船，隔着哈得逊河的波澜，同它们亲切合影。

作为到此一游的留念。

没想到，成了无法复制的留念。

不几年，这摩天的双塔，就在曼哈顿的天际消失了。

血染的“美国 911”，两架魔鬼劫持的飞机的冲击中，轰然倒塌的摩天双塔变成了一片废墟。

曼哈顿天空那一片虚白已无法填补。

只能让悲凉的风与黑纱般的云来抚慰了。

无踪无影的世贸中心摩天楼，仍在我的老照片中留存。

留给我翻看这一页历史时，悬挂我的凭吊。

（2009 年 2 月）

走进莎士比亚故居

飞越重洋来到英格兰，真是太不容易了。

再到这个叫做史特拉福的小镇，更不容易。

当然，再走到这幢白墙红瓦的两层半木结构小楼门前，很容易做到。

很容易就同十六七世纪的欧洲古民居，同“莎士比亚故居”的铭牌亲密合影。

休假团就此路过，要去看亚芬河的风景了。

我不愿走。

我要走进去，走进四百年前，同莎翁见上一面。

我想知道仲夏夜之梦在哪个房间作出，说不定还能碰上奥赛罗、哈姆雷特、罗密欧与朱丽叶。

迈上古老的楼房，穿过狭窄的楼梯，用目光同照片、用具与文稿交谈。

尽管莎翁及他家里的所有人，都讲着六级以上的英语，我没能听懂。

已经心满意足了。

我留在屋里与门外的身影，从照片看并没有什么不同。

但一种叫做到过。另一种，只能叫路过。

（2009 年 2 月）

比萨饼与我们的关系

就像在汉堡找不到汉堡包一样，我在比萨也找不到比萨饼。

哦，汉堡包是美国人弄的食物，比萨饼也不是比萨的特产。

它们没有关系，地名跟同名的美食没有关系。

导游说了，比萨饼跟中国倒是有关系。

时光倒流到元朝，马可·波罗返回意大利时，带回了中国的饼。只不过他始终弄不明白，那些美妙的馅怎么跑进了大饼的肚子?

于是馅料就撒在饼面上了。

那些肉片、洋葱、青椒、西红柿，就五彩缤纷地公开露面招手了。

我和同伴尴尬地相互嘲笑。嘲笑自己和自己人。

我们总喜欢讲关系。在物与物、人与人之间，铺出一张张关系网。有可能的扯上关系，没有关系的尽可能拉上关系。

而真正有关系的，我们却不知道它们的关系。

我们不少人向往西餐。却没料到，在比萨去追捧比萨饼，还得回中国去寻根……

（2008年6月）

悉尼歌剧院

设计师把一只剥开的桔子放在港湾，没想到却变成了一队帆船。

众口说它像帆船，它就真像帆船。

众人说它是帆船，它就成了帆船。

这队白色的风帆，晶莹圣洁，高雅脱俗，在所有的船舰中最为耀眼夺目。

浮在蔚蓝的海面上，让整个繁忙的海港围着它转。

指挥着鱼儿的穿梭，指挥着所有的目光。

它是航标灯，无论你漂到那个角度，都离不开它的身影。

它成了悉尼的城徽，驶出澳洲，驶向全世界。

带着难言其妙的音乐，在五大洲绕梁四播。

现在谁也不再提那个失宠的桔子。

连那位设计师也不再提起。

不知什么时候，他把那个味道欠佳的桔子，悄悄吃掉了。

（2009 年）

在泰国被人改变了性别

一降落曼谷机场，我们就被泰国导游改变了性别。

不只是我一个人，所有的男同胞全改了性别。

不过不像泰国的人妖，自小就变性为女，好作水性杨花的表演。

我们只是称呼上变了性，一概变成了妇女。

因为在泰语里，男人就叫“老妈妈”。

不分老、中、青、少，一下子全部老化。

吓了一跳之后，是一片蹦跳着的欢笑。

幸好没有真的变性呀！看了花枝招展的人妖，才知道粉面笑眉背后，蒙着多厚的阴影；在如潮的掌声中，漂泊着多么凄惨的人生。

出现在彩灯与追光之下，永远是如花似玉的年龄。据说，他们一般只活到三十多岁。

美的后面，有多少苦，多少痛！

在泰国，在嘻哈大笑之中，我们被称呼变了性。

幸好只是称呼变性。

不然哭都来不及，哪里还笑得出来？

（2009 年）

走访项王故里

项王肯定想不到我会来看他。其实我也想不到。

实在太遥远了！

从海南到苏北，不仅要走一万里，还得走两千三百年。

不过宿迁人的一纸邀请，就让梦想成了现实。

走下三十一级台阶，项王就在梧桐巷出生了。

朝西的屋门外，有一块朝西的石碑，驮碑的赑屃确认着当年的地点。

饮马槽，系马亭，连同栩栩如生的乌骓马，一切都那么熟悉而又陌生。

项王演武场还在呀，两千三百高龄的古桐，亲见过他力举千斤鼎的故事。

虞兄兵器店哪去了？只留下虞姬，还有她与项王遗爱千秋的剑舞与悲歌。

两厢的碑廊，有赵朴初、舒同、林散之们的龙蛇走笔，回荡着太史公、李清照们的吟咏。

英风阁中，盖世英雄顶天立地般坐在历史里，他已不在乎人们的评价。

我提着相机，要找一个代表性的镜头。

这时一棵老槐走了过来。它是项王的手植树。

树干已断裂干枯，得用麻绳捆绑着；新枝却青葱繁茂，覆盖了一片天空。

它已两千三百岁，又只有三十一岁。

（2009 年 6 月）

在雁荡山看空中飞渡

在二百七十米的天柱峰与二百六十米的展旗峰之间，一根黑线把天空划成两半。

上面是蓝天白云。下面也是蓝天白云。

在群山的欢呼声中，一曲《雁荡谣》的陪伴下，一个小红点出现了。

灰褐的岩石，银白的瀑布，翠绿的森林，一齐习以为常地仰望。

时间停住了。那个在二百米钢索上闪耀的红星，成了瞩目的中心。

一会仰卧起坐。一会单杠腾越。

鹰一样展翅高飞。猴一样水中捞月。

蜘蛛侠飞檐走壁。孙大圣跟斗凌云……

在世界最高的空中舞台，上演着惊心动魄！

用精彩绝伦的技艺，抚平了惊涛骇浪。

曾经世代在悬崖峭壁出没的采药人，此时在命悬一线间，让世界见识了温州人的胆量。

当红衫勇士抛出绣球时，表演沸腾至高潮。

不知谁可以接到幸运?

此时，我与众多游客正坐在山下屏霞轩的露天茶座里端着茶杯。

以悠闲旁观着惊险。

表演结束了，我们依然久坐不动。

似乎是没有行动，但并不是没有感动，以及震动。

（2010 年 6 月）

这座城令我肃然起敬

这座城令我肃然起敬。

不因它是七朝古都。

不因它是北宋京城。不因早在一千年前就以一百五十万人口成了世界首屈一指的大都会，把一个王朝推到中国古代经济社会文化的最高峰。

这座城令我肃然起敬，竟因了它的灾难啊。

几千年来，黄河水让此城七次灭顶。战乱与河水泥沙一次次掩埋了城市的辉煌，地下竟叠罗汉般压着六座城池——

清城地下三米，明城地下五米，金城地下六米，宋城地下八米，唐城地下十米，魏城地下十二米……

这座城令我肃然起敬，更因了它的抗争！

屡建屡淹，屡淹屡建，一次次又在原址上重挺起百折不挠的脊梁。

即使泥沙把铁塔脚下的山坡夷为平地，把塔基埋没，把塔门填成窗口，但铁骨铮铮的宝塔依然笑傲蓝天。

即使悬在头顶的黄河的河床已拉平了铁塔的尖顶，但城市依然生生不息，与历史齐头并进。

如今，更不会再畏惧有灭顶之危了。

早就打破了封建、封闭、封锁，展现了开放、开拓、开明。它的名字已昭示了这一点。

是的，它的名字就叫开封。

就是它，令我不能不肃然起敬！

（2011年6月）

路过楚汉相争的“鸿沟”

项羽刘邦在这里划清了界线。

在中国的历史与地理上，划开了一条大裂缝。

在棋盘上划清了楚河汉界。让几千年的娱乐，也不忘拼个你死我活。

不忘对峙中虎视眈眈，喘息时暂且妥协与找机会撕毁和约。

那天，我乘飞垫船驰过黄河，很远就望见了荥阳城郊的山头上“鸿沟”两个大字。

它雄踞在半空中，生怕你看不见，不由得你看不见。

这个被司马迁记录为“鸿沟”的地方，原本是用来沟通黄河的古运河，据说早就干枯了。

后来在人与人之间，群与群之间，代与代之间，国与国之间，那条横亘着的沟，就叫这个名字。

人们都盼望把它填平。可是两千两百多年了，这条只有三百米宽，百十米深的沟，都没能填掉。

它在我的眼中飞驰而过时，我明白要填平它几乎没有指望。

它在我们的辞典中成了永恒。它站在山头上，站在时空中，似乎在提醒和呼唤着人们——

来吧！或者来认识历史，或者来承认现实。

（2011 年 6 月）

青岩古镇的石狮子

几年前我见到它时，它的尾巴就翘到天上去了。
屁股也朝向天上，只有头朝下。
倒立着面对世界，倒着看世界。
宁可忘记了威严，也要活出自己的个性。
这次我见到它，一点也没有改变。
一百七十年了，一直都没有改变。
也不打算改变。
与众不同呀！
与世界上所有的狮子的姿势都不同。
与几千年每一只狮子的态度都不同。
我又一次来看它，不为别的，只为真心喜欢。
喜欢它的与众不同。
喜欢它认准了一个理，就死也不变。

（2012年6月）

站在神秘的“林彪楼”外

走近了大院的门外，却走不进神秘的历史。

这是在北戴河联峰山，终于找到了林彪当年的别墅。

这个有着许多别名的地点，原为松涛草堂、霞飞馆，后为莲花石别墅、九十六号楼，老百姓直呼它林彪楼。

1971 年“9・13”凌晨，林彪就是从这里仓皇出逃的。

这位被呼永远健康其实很不健康的“副统帅”，从这里直奔山海关机场，后来就折戟沉沙在蒙古温都尔汗了。

如今，这里被高高的围墙围困着，被密密的油松与洋槐覆盖着。

被紧闭的大门与门口的哨兵守卫着。

站上山坡也只能看见灰蒙蒙的屋顶。

看不见这座工字型二层小楼里，开得进汽车的客厅，可放电影的卧室，室内水波不兴的游泳池，以及带屋顶天窗的日光浴室。

更看不见躺在天窗下的大躺椅上闭目养神的那个人，以及在他脑中盘旋的心思与心事。

据知，这座楼也曾开放过，也曾有过讲解。当然，那是当年的讲解。

有许多谜团是无法讲解的。后来就不再开放与讲解了。

让我站在大门之外，只能看见谜团，看不见历史。

只能静静地站着，等待有朝一日，能走进紧闭的大门。

走进大白于天下的历史。

（2012年8月）

在菏泽被牡丹所包围

一踏入菏泽的 4 月，连阡接陌、成群结队的天姿国色就围拢过来。

荷红、姚黄、魏紫、豆绿、湖蓝、玉白、乌金、赵粉……所有的颜色便呼朋唤友围拢过来。

重瓣的，单瓣的，富丽的，典雅的，端研的，奔放的，厚重的，飘逸的，九大色系、十大花型、一千二百三十七个品种，带着婀娜多姿与袭人花香围拢过来。

带着宝贵、吉祥、和平、幸福、繁荣、美满、理想与梦，围拢过来。

从二十五万亩花地与一千五百年历史围拢过来。

这世界最大的牡丹园啊，这天下最美的牡丹花啊，绽放得如此激动，如此情不自禁，如此心花怒放。

就像此时此地此情的我，如此无法控制。

“花开花落二十日，一城之人皆若狂。”一千多年前，白居易就为它若狂过。

“啊，啊，牡丹，百花丛中最鲜艳。”一千多年后，蒋大为又被它鲜艳过。

今日，我被灿若蒸霞的花的海洋所淹没。

据说北京人以有一盆牡丹而自得，洛阳人以有一园牡丹而自豪；菏泽人说，他有一地牡丹。

把牡丹种成庄稼，种出一座城市，一座城市的魂和美。

在同牡丹们合影的时候，我就想这样定格。就这样醉入花丛，同挺拔有致的枝、繁茂多姿的叶、雍容华贵的花，混为一谈。

同与国花一起幸福快乐的菏泽人混为一谈。

本地人对此付之一笑。对这样渴望与美为伴的外地人，他们见得太多了。

身在福中的菏泽人，对此已习以为常，司空见惯。

（2013年4月）

我读龙门石窟

伊水之滨，两山之阙，好一个龙门！

就在洛阳南郊的青山绿水间，星罗棋布着两千三百多个窟龛。

那些神态各异的十万余尊佛像，那些带着北魏的清瘦与唐代的圆胖的石刻，开凿出一座中国石刻艺术宝库，一份世界文化遗产。

很可惜，许多佛像被损坏了。

有些被岁月风化了，有些被盗贼割裂了，有些被灭佛的帝王砸毁了。

有些在那场“大革文化命”的浩劫中，不可避免地消失了。

幸好卢舍那大佛像还在！

这尊十七米多高的大佛，这位气宇非凡、神态曼妙，无论站在什么角度都能接受到她的美目垂注的女神，千百年来一直端坐在这里。

尽管双臂也有损伤，但谁也无法抹杀她的从容与微笑。

是的，做什么都要做到最高，最大，最精，最美。

让那些想毁掉你的人，心有余而力不足，攀不上，够不到，无能为力，无从下手。

找不到名目下手。

甚至不敢下手。

（2013年6月）

在洛阳观“天子驾六”

这辆车，跑得比谁都快！

马蹄生风，风驰电掣，夜以继日，风雨兼程。

从公元前770年的东周，跑到了现在。

这辆车，当然跑得快！

它有六匹马，只有帝王才能乘坐。

史书上说：“天子驾六，诸侯驾四，士驾二。”

后来的人，只有听闻，从来没有见过。

直到2002年，它才从洛阳王城下出土。

为史书的记载，做了实证。

不过，即使没有实证，我也相信它的存在。

就算今日，依然有一条无形的线。

没有人说出，也照样存在。

（2013年6月）

追寻贺兰山岩画

这是牛，这是虎，这是驼，这是鸟，这是奔跑的鹿，飞驰的马，长角的岩羊，摇尾巴的狗……

这是人面，这是人手，这是长犄角、插羽毛的男人，戴头饰、挽发髻的女性，这是镇山之宝太阳神像……

这是放牧，这是狩猎，这是祭祀、争战、娱舞、交媾……

这些造型粗犷，构图朴实，姿态自然的图形，就刻在贺兰山口的石壁上。

刻在六千年前？

岁月无言，幸好有这些会说话的石头，讲述着远古人类的生产与生活，风俗与人情，向往与崇拜。

是无色的画？无声的歌？无动的舞？更是无字的诗。

是的，当时连文字都未诞生呢。

但有话总要说。有追求总要表达。有爱有恨就要呼喊，就要爆发。

与文字还互不相识？那就把图刻在石壁上。

深深地凿进岩石的心里。

凿进历史的记忆里。

（2013 年 6 月）

迟到白石街

一条石板街与街口的土炮台，把我带到1833年10月15日，整整一百八十年前。

面对来势汹汹的英国鸦片贩子十多条武装舢板，土炮筒怒吼了淇澳岛的万众一心。

打响了中国人自发反对外国资本主义侵略的第一发炮声。

宣告了中国近代史，第一次反侵略斗争的胜利。

花岗岩条石铺出的一千多米石板街，就是见证。

它是用英国人的三千两白银赔款修筑的。

我脑中，浮现出一部中国近代史，每一页都是斑斑血泪。

每一页都写满了不平等条约，写满了割地、赔款。

而这条白石街，铺写着中国近代以来，因胜利得到的第一笔赔款。

也许亦是唯一的一笔胜利赔款。

即使后来在现代史上的大胜，也没有得到过赔款。

走在白石街上，我不禁油然而生敬意。

真是孤陋寡闻啊，迟至今天来到白石街，我才知道这段历史。

其实许多中国人，还不知道这段历史。

（2013 年 10 月）

开平碉楼

一座座、一群群碉堡样的楼房，站在开平的乡间。

站在匪盗蜂起的年代。

站在近百年前。

五、六、七、八层，总之，比屋顶高，比树林高。

比匪盗的欲望总要高出一点。

用高层狭窄的面向四野的枪眼，卫护村子的宁静与村民的生命。

卫护海外华侨用血汗换得的彩釉砖与红木家具的生活。

站了近百年，站成了文化。

让慕名而来的人群，买票来读一页与众不同的历史。

读中西交流、合璧与和谐。

不过，最高一座的门口，被一个手势拦住。

还得再掏钱，才能进去。

当年，把匪盗拒之门外，用的是强硬的枪眼与铜锣。

如今，把远道而来的客人拒之门外，是用几张软软的纸票。

（2013 年 10 月）

花山之谜

古人的欢乐，我们一看就知道了。

这些两千年前的壮族先民，在左江的崖壁上跳跃，歌唱，出猎，搏斗，欢庆丰收或凯旋狂欢……

古人的痛苦，不让我们知道。

我们看不到，那些藏在崖壁后面的灾难、病痛、战乱、贫困、妻离子散与流离失所……

他们只把威武雄壮涂在岩壁上，把兴高采烈涂在岩壁上，把战无不胜涂在岩壁上。

把一切该省略的，都屏蔽了。

再古的人心，也是有所选择的。

可是，那些千年不褪的颜料，比血还鲜的土红色，是怎样炼制出来的呢？

肯定不是用血画上去的。

血写的画册，久了就会凝结，就会淡却了。

只有精心秘制的亮色，才能绘制图腾，在岩壁上辉映千年。

不过，这些千古之谜，被岁月尘封了。

古人不说，我们无从知道。

（2013年10月）

跟吴冠中走进张家界

背着画夹的大画家吴冠中，就站在国家森林公园大门口。

等着带我走进张家界。

带我走进 1979 年，那时张家界的名字只属于一个林场。

走进雾抹青山，削壁入云，三千峰林八百水的世外桃源，走进那颗失落在深山的明珠。

一篇《养在深闺人未识》的美文，揭开了神秘的面纱。

一幅《自家斧劈——张家界》的名画，震撼了巴黎，轰动了世界。

后来，张家界的名字，叫响了中国第一个国家森林公园，叫响了中国首批世界自然遗产，叫响了全球首批世界地质公园。

成就了五 A 级旅游胜地，成就了一个闻名天下的城市的姓名。

现在，吴冠中成为一尊铜像，就站在景区的门口。

消瘦的肩膀扛起了责任，手搭的风衣兜满了征尘。

突出的颧骨，紧锁的眉头，刻着对美的追索。炯炯的眼神中，储藏着新的惊喜。

吴冠中正迈开脚步，我赶忙紧紧跟上。

跟着他，去发现更多的美。

跟上他，去传播更多的爱。

（2014年6月）

在芙蓉镇吃米豆腐

到处是“刘晓庆米豆腐”！

一踏上芙蓉镇的石板街，我的眼睛就被米豆腐糊上了。

面前是一家，隔壁是两家，对面是三家，远处又是四五六家。

到底有多少家？谁也说不准。谁也数不清。

也许所有的店都属山寨，也许所有的店都不属山寨。“正宗”二字统率了所有的招牌。

所有的招牌上都有刘晓庆的名字。

刘晓庆是唯一的老板娘？难道都是她投资，或者代言？

自从1987年刘晓庆在电影《芙蓉镇》卖米豆腐，一条街的米豆腐都改姓了，一座小镇的米豆腐都和她扯上了亲戚。

有什么大惊小怪的？连这座原叫王村的两千年古镇，也因拍了这部电影，而改名芙蓉镇了。

文化的影响啊，明星的效应啊，品牌的威力啊。

它竟把一种名不见经传的家常小吃，提升为所有人“到此一游”的纪念，以及证明。

我当然不会幸免。

这种用大米磨浆煮熟成型加工的小吃，白黄红绿，酸甜麻辣，软滑嫩韧，据说，还能减热、退火、清心呢。

回到旅游车上。狡猾的土家导游问："谁吃了刘晓庆米豆腐的，请举手。"

全车人都吃了，全车人都没举手。

我知道，成年人都知道，"吃豆腐"又是"占便宜"的代名词。

谁会去吃刘晓庆的豆腐？

许多人不敢，也有许多人不愿。

（2014年6月）

不被污染的淇河

一条原生态的河。

从太行山的峰峦叠嶂奔涌而来，在豫北的广袤原野淌流而过。

“淇水汤汤”，水很大。

“淇水流碧玉”，水很清。

“十里淇园佳处，修竹林边”，竹很多。

碧波荡漾，清澈见底，流出一百六十一公里旖旎的好风景。

流出曲折神奇的水龙洞，一百五十米的白龙瀑布，流出鬼斧神工的阴阳鱼太极图。

流出仙鹤、白鹭、天鹅、鸳鸯、锦鸡、野鸭的欢唱，及双背鲫鱼、缠丝鸭蛋的名声。

一条诗歌的河。

从《诗经》流出来，在三百零五首中占了三十九首。

从许穆夫人，中国第一位女诗人的笔下流过来。

从李白、杜甫、陈子昂、王维、高适的心中，带着《全唐诗》中的四十首佳品，流过来。

从司马光、王安石、苏东坡的长歌短叹中，流过来。

从千百年两万首诗的奔流中，流成一条“中国诗河”——

成了中国历史上第一条以诗歌的名义命名的河流。

几千年了，淇河当年有多么清澈，今天还有多么清澈。

它不会被污染。

千古不变地流淌着美好、纯粹、崇高的诗歌，它总能荡涤——

一切的污泥浊水！

（2014年9月）

云梦山访鬼谷子不遇

鬼谷子老师，我来迟了。

云梦山的苍松翠柏告诉我，已迟到了两千四百年。

“战国军校”的石碑在说：中华第一古军校如今只有遗址了。

学生们的宿舍还在。

在一层，苏秦洞、张仪洞还在。

在二层，毛遂洞还在。对面山上，是坏学生庞涓洞，据说毛遂还在日夜监视着。

在三层，孙膑洞还在。鬼谷子校长把住处让给这位最得意门生的故事还在。

讲学的水帘洞也在。洞中的石板路上，还有校长的牛车似乎刚刚压过的辙印。

可是，却找不到鬼谷子老师的身影了。

没有人告诉他的去向。没有童子说“只在此山中，云深不知处”。

满山的摩崖石刻，写满了历朝武将名臣的读后感。都在说，他无处不在。

是的，不要说，眼下并没有密布的战云。

在云梦山中，在人们的心中与梦中，一直有，也一定要，放着一尊——

必胜的战神!

（2014年9月）

走访杜甫故里“诞生窑”

笔架山下不一定出文曲星。

窑洞里也不出产诗，和诗人。

一千三百年前，一个伟大诗人在巩义南窑湾村笔架山下的窑洞里诞生，并不证明这座山和这个砖砌的窑洞，有什么特别与神奇。

他的啼哭，并不比别的婴儿响亮。即使高八度，也不是诗。

他早慧，被称神童，七岁写的诗，应该也算不上杰作。

十八卷一千四百首诗，多是在颠沛流离、贫病困厄下哭出来的，多是在战火频仍、生灵涂炭中喊出来的。

没有“满目悲生事”，能有“三吏”“三别”的悲悯吗？

不是茅屋为秋风所破，会有“安得广厦千万间”的仁爱吗？

正是世上疮痍、民间疾苦，让他的诗成了“诗史”。

正是上悯国难、下痛民穷，才成就了一位“诗圣”。

这跟笔架山与“诞生窑”，几乎没有多大相关。

不过，一位伟人的故居与故里，还是让乡亲们骄傲与自豪的。

我也很乐意来到这里，寄托我的崇敬与怀念。

但我不想说，是这些故居与故里，造就了一个个伟人。

神化一间屋，许多人喜欢这样做，其实并不是那么一回事。

（2014年9月）

在合肥见到白脸的包公

包公的脸，原来并不黑！

在他的故乡合肥的包公祠，他坐在白墙青瓦封闭式三合院的厅堂里，嵌在黑石刻的墙壁上，镶在上色的画像里。

这画像，离他的年代最近，离他的故乡最近，是最可信的真容。

好一个白面书生！好一个相貌堂堂，眉清目秀的包公！

也许他面对的是漆黑一片，但脸上并无一丝乌云。也许他心中装满朗朗乾坤，但脑门却没有一弯新月。

包公的脸，原来并不黑！

黑脸的是戏里的包公，是祈望中的包公。

黑的是威严，是公正，是法的坚硬与冷峻，是刚正不阿与不徇私情。

是清官的象征，是百姓的理想的物化，是心理的幻现。

面对漆黑的世道，必须比黑更黑啊！

祈愿的力量，能让包河的黑背鲫鱼与红莲藕成为铁面鱼与无丝藕，能让饮了廉泉的贪官头痛欲裂。

包公的脸，原来并不黑！

是的，越是缺少什么，就越要呼唤什么。

怪不得一千年来，都在崇拜包公。

怪不得一个白面书生，成了黑脸包公。

怪不得我看到，从包公祠到包公墓，从北宋到当今，一路上的游人——

总是络绎不绝。

（2014 年 11 月）

到李府半条街认识李鸿章

对于李鸿章，我早就认识了，又未完全认识。

是的，中学历史课本写着，他是卖国贼。丧权辱国的中法条约、马关条约、辛丑条约等等，都是他经手签订。

好在合肥淮河路繁华步行街上的李氏家宅，即使只恢复了当年的十二分之一，也足以告诉我另一半的李鸿章。

这座号称“李府半条街”的典型晚清江淮民居，告诉着他少年科举、壮年戎马、中年封疆、晚年洋务，一条风雨飘摇的人生路。

用铠甲刀箭讲解淮军的组建与淮系集团的兴盛，用江南、金陵总局的机器枪炮讲解新式军事工业的诞生，用军舰与雄心飘扬北洋水师的战旗，用留学生的脚步迈向近代化的梦想。

用天津的电报大楼发出中国第一份电报，用唐山到胥家庄十一公里的铁轨拉响中国第一条自建铁路的汽笛。

哦，我终于发现，他竟是中国开放第一人！

是的，大清朝这座破屋无可救药地坍塌了。不过，他一个“裱糊匠”，怎能挽大厦之将倾？

毁誉参半的李鸿章，坐在故居的大堂，解读着一部中国近代史的苦难与悲壮。

让我认识了复杂的李鸿章，还有复杂的社会，复杂的民族，一部复杂的历程。

（2014年11月）

跟李白游秋浦河

秋浦河之美，李白在一千二百多年前就知道了，而我现在才知道。

这一天，我来到皖南石台的秋浦河，才知道李白早就来过五次，写下了《秋浦歌十七首》。

仰望峻峭的石崖，听李白说“青天扫画屏”。俯瞰清澈的河流，听李白说“水如一匹练”。

顺着他的手指，看见“天倾欲堕石，水拂寄生枝”。按着他的引导，体验“水急客舟疾，山花拂面香”。

还可在静夜，一览“渌水净素月，月明白鹭飞”。

诗仙是在人生最不开心时来到这里的。他说：“秋浦长似秋，萧条使人愁。”

还在这里留下过“白发三千丈，缘愁似个长”的千古名句。

正是秋浦河的山水草木，消解了他的伤痛。让他畅快地“饮弄水中月”，“看花上酒船”。

沾满尘灰与雾霾的我，跟着李白在秋浦河中流淌，也把五脏六腑洗了一遍。

原生态，无污染。慢生活，深呼吸。可以拂去身上的灰尘，也可拂去心间的灰尘。

秋浦河之美，李白在一千二百多年前就知道了，而我现在才知道。

（2014 年 11 月）

访新会梁启超故居

这座屋很平常。

青砖，土瓦，平房，四百平方。在新会茶坑村并不少见，在广东乡间并不少见。

这个人很不平常。

这个一百四十多年前从这座屋诞生的名叫梁启超的婴孩，后来成了中国近代著名的思想家、政治家、教育家、史学家、文学家。

不过他的光芒与这座屋无关。

我一直认为，一个人的优秀与否只与人有关，而与房子无关。所有名人、伟人，都与他出生的房子无关，与他的房子的大与小，高与矮，豪华与普通无关。

他的儿子，建筑学家梁思成，考古学家梁思永，火箭专家梁思礼，中国唯一的一门三院士，他们的成就也与这座屋无关。

他们不是在这座屋出生的。在不同的房子诞生，都不妨碍各自的优秀。

当然我也得感谢这座故居，它让我有机会接近梁启超。

见识清朝最优秀的学者，一位中国百科全书式人物的人生。

领略“中心思想就是爱国，一贯主张就是爱国”的伟人的志向。

惊叹一百四十八卷一千多万字《饮冰室合集》的作者的博大精深。

感受第一个在文章中使用“中华民族”一词的先知者的智慧。

瞻仰一种介乎古文与白话文之间的新文体的创造者的风采。

赞叹“经济”“组织”“干部”等日文新词的引进者的聪明。

聆听响遏行云的《少年中国说》，在一百年的时空中激荡的声音。

我要感谢这座故居，但并没有同这座与他的光芒无关的房屋合影。

只把我的身影贴近那座铜像。

让我的心，同一位爱国图强、毕生奋斗的先行者的心——

同节拍跳动。

（2014年11月）

关于在崖门上香的理由

凡有庙都叫人烧香，这里也不例外。

凡烧香都说会保佑平安发达，这里也不例外。

这里，是珠江出海口的崖门。

七百多年前，逃亡的南宋王朝与元朝的追兵正是在这里的海面，二十多万人，一千六百艘战船一千艘民船，进行了二十三天生死存亡的惨烈海战，最终宣告了宋朝的覆灭。

崖山上，有存在过十个月的皇帝行宫，有三座后人凭吊的祠庙。

给义士祠为精神上香。向保家卫国而壮烈牺牲的十多万义士寄托悲壮的思念。

给大忠祠为气节上香。向“留取丹心照汗青”的文天祥、陆秀夫、张世杰表示衷心的崇敬。

给慈元庙为忠贞上香。向宁死不降、跳海殉国的杨太后表达爱国的情怀。

上香的人，大多并不是为了自己。

大多不去理会那些劝人烧香保佑的挂在口边的广告。

即使也有只是为了祈求保佑的人，其实也不会有什么如意的答案。

靠什么来保佑呢？

仓皇败退的太后及皇子皇孙，连自己都保佑不了，拿什么去保佑别人？

（2014 年 11 月）

珠海情侣路

走过十里海滩，未见尽头。走过十里涛声，未见尽头。走过十里椰风，未见尽头。

欢声笑语的野狸岛说，路在前头。手捧珠宝的渔女雕像说，景在前头。

如鱼得水的海滨浴场说，乐在前头。满载希望的九洲港说，福在前头。

走过青的山，绿的岛，走过左边的林带与右边的楼群。走过不会枯竭的大海与永远不烂的礁石。

这条路太长了，一天又一天，都走不到头。

宽阔平坦的路，蜿蜒曲折的路，风景如画的路，如梦如幻的路，情深意长的路，没有尽头。

即使没有山盟海誓与甜言蜜语，没有心潮澎湃或脉脉含情，甚至不一定要手牵着手。

只要两个人相依相伴，在这里就可以一直从晨曦走到月夜，从生龙活虎走到步履蹒跚。

从面若桃花走到白雪满头。

（2014 年 12 月）

诗 寓 言

石　凳

外表似乎很冷，坐久就暖了。
——恋人们都这样说。

（1980 年）

台　历

无形的时间变成了有形的书本，让人们一页页去翻阅。

记下忙碌，记下充实，记下友情，记下奉献。

也许也会有空白，有叹息，有警醒……

那些从没被翻阅过的，并不能说明保留得好。

——它没能留住时间，只是留下了灰尘。

（1989 年）

拔萃的树

这一棵树！

出类拔萃地站在它的一大片同伴之上。

问阳光，问土壤，问一年四季相邀来访的和风与细雨，谁都说不上对它有什么厚待与优惠，谁也不知道它脱颖而出的秘密。

哦，也就不必去问结实的年轮与深扎的根了。

当然，以后也就有了更大的风，更多的雨，有了更多在众目睽睽下被挑剔的机会。

是它的不幸？

是它的有幸。

正因为它努力达了这样的高度，才取得了这样的资格！

（1989 年）

岩石上长出了新意

一块巨大的岩石，一年到头总板着脸。

突然有一天，它竟然笑了。

在它光洁的岩壁上，伸出了一片绿叶。

是哪一只小鸟的翅膀，给它驮来了爱的信息呢？

没有泥土，没有水，没有裂缝，甚至没有皱纹，竟能长出树苗。

这是真的！只要有了爱，石头也能开花。

（2008年7月）

同假山合影

一座很假很假的山，站在公园一角，招徕了许多兴致。

许多人来同它合影。

明知假山是假的，还有那多人同它合影。

或许是因为城市里没有真的山。

或许是因为，虽然山是假的，但它却没有说假话。

（2009 年）

雨，总算下过了

这雨太小了，只能打湿它自己。

落到地上，谁也没看见。

落到湖里，无丝毫皱纹。

落到眼镜片上，一点也无妨碍。

落到脸上，像有小蚂蚁爬过，有一点点痒。但用手一抹，也没有水痕。

不管怎么说，这场雨，毕竟是下过了。

天气预报早就说过。它说对了。

尽管了无踪迹，尽管看它不见，但你总不能说，它没有来过。

（2009 年 7 月）

砸开一只核桃

砸开一只核桃，我要看看它的八卦阵中，到底藏着什么秘密。

我也跟许多人一样，喜欢知道别人的秘密。

核桃的内壁尽管七拐八弯如地道战中的坑道，但隐瞒的兵马全被我探到。

果仁的形状就像人的大脑，怪不得可以用来补脑。

缺什么就补什么。它的丰富的蛋白质、脂肪、碳水化合物，矿物质和微量元素，多种维生素，可以给我健脑益智。

别人的秘密，难道可营养自己？

我把它仔细咀嚼，化作我的血肉，紧紧捂在心中。

谢绝一切好奇的眼睛。

它已是我的秘密，再不能让别人知道。

（2011 年 9 月）

晾衣绳

天生不怕太阳晒。

太阳越是凶猛，它越显得五彩缤纷，兴高采烈。

把阳光的味道发挥得淋漓尽致。

它只怕柔软的事物。

雨来时，它立马泪流满面。

不知是悲伤，还是感动?

（2012 年 10 月）

当一棵树爱上另一棵树

如果一棵树爱上了另一棵树，会怎么样？

这棵“树包树”作出了回答。

石花水洞地质公园洞口这棵大叶榕，张开无数条强有力的臂膀，把一棵油棕树紧紧拥抱。

包得看不到油棕的枝干。

抱得它喘不过气来。

一眼看去，完全辨不出这是一棵树，还是两棵树。

只有抬头仰望，才见到油棕的羽片，在微风中摇摆。

不知是在舞蹈，还是呼救？

不知在忍受威胁，还是在享受幸福？

据知，有些油棕就是这样被榕树扼杀的。

被强烈的爱情，或说强逼的爱情扼杀了。

这棵榕树与油棕的爱与被爱，不知到底会有怎样的结局？

或许又一个悲剧。

或许会创造奇迹？

（2013 年 1 月）

不要鞋带的鞋

过去的鞋都有鞋带，把脚与鞋捆成了一家。

现在许多鞋都不要鞋带了。

让脚自由选择，自己看中谁就是谁。

是松？是紧？

反正由他们喜欢。

反正他们自己知道。

（2013 年 11 月）

配　对

一把走失了伴侣的锁，配上了一把新钥匙。

一拍即合。应在盼望与预料之中。

虽然不属原装，但毕竟是重新量身定制。

初时会有些别别扭扭，磨合久了就顺当了。老锁匠说。

话是这么说。到底能不能配合默契，只有它们自己才知道。

还会不会相互走失？也只有时间才知道。

（2013 年 11 月）

量　变

两三天去看一下镜子，它很坦然。
毫不迟疑地告诉我：什么都没有改变。
翻看两三年前的照片，却令我大惊失色。
不知是我蒙骗了镜子，还是它蒙骗了我？

悄悄溜走的时间，冷冷地说：
任何结论，都是积累的产物。

（2013 年 11 月）

老　桨

一把退休老船桨，冷落在墙角。

也曾有过光荣与梦想，也曾神采飞扬，激情澎湃，豪情满怀。

也曾战天斗浪，劈波斩浪，乘长风破万里浪。

一切都过去了。没有人提起，自己也不提起。

什么大风大浪都见过了，什么狂风恶浪、惊涛骇浪都见过了。

它的心，已风平浪静。

对自己的一生，无怨，也无悔。

（2013 年 12 月）

不需要走红的青椒

当辣椒走红的时候，到处都是追随的目光。它走到哪里，都能煽起火焰，引爆激情，一片欢呼与尖叫。

菜椒一直青着，从来没有走红。它被人叫做青椒。

好在它明白，并不是所有椒类都能走红。

也并不是所有椒类都需要走红。

世界上，并不是只有一条路。

它本分地青着。青得坦然，自足，心安理得。

它又努力着。以生命的颜色，青春的姿态，做最好的自己。

它鲜嫩，它清甜，它爽脆。在公平秤主持的评比中，获得了菜篮子们争先恐后的投票。

有自己的定位。也就有了自己的地位。

（2013 年 12 月）

学坏的鹦鹉

学坏是很容易的。

善于学舌的鹦鹉，很快就会讲各种骂人的话。

普通话，广东话，海南话，客家话，上海话，四川话……

连一口流利的英语，也骂得顺风顺水。

多么聪明呀！客人赞赏，主人赞赏，自我也赞赏。

可是当主人要它讲几句好话时，却讲不出来。

多时不讲，它已经忘记了。

甚至连生它养它的方言，也已忘得一干二净。

（2013 年 12 月）

有关骆驼的假设

你耐旱、耐渴，你忍苦、忍累，习惯成了自然。

不知是与生俱来的天性，还是来自环境所逼的修行？

如果你的人生，没有那么多沙尘暴——

会不会改变你的性格？

当然，现在也不错，人们称赞你忍辱负重。

其实换一个说法，也可说是——

无可奈何的，逆来顺受。

（2013 年 12 月）

生锈的锁

紧紧咬着嘴唇。

虽有嘴巴，形同哑巴。抱住心中的秘密，死也不开口。

天长日久，被岁月之锈所焊死。

任是什么钥匙都打不开，什么开锁高手都打不开。

所有万能钥匙，都失去了探索的兴趣。

天长日久，连时间都丢失了。

它自己想说话，也已说不出来。

连它要保守什么秘密，自己也已不知道。

（2013 年 12 月）

手电筒的信念

只照别人，不照自己。因此它遭到了批判。

它站在黑暗中，照亮了别人的道路。

而把黑暗留给了自己。

行为太超前了，太与众不同了。好得让人难以相信。

难以相信的事，总是值得怀疑的。至少动机值得怀疑。

世界上还有毫不利己，专门利人的人吗?

即使书本上有过，现实中也较少看到了。

得到称赞的，至多也只有主观为自己，客观为别人的人了。

再完美的鸡蛋，总也可以挑到骨头的。

只照别人，不照自己——它不找自己的缺点，没有自知之明。

就连同病相怜的蜡烛，也会忍不住流下委屈的眼泪。

可是特立独行的手电筒，抱紧了自己的信念。

在黑暗中，依然拼尽全力，给别人以光明。

（2013 年 12 月）

海底鸳鸯

没有谁比鲎更忠于爱情了。

一雌一雄，双宿双游，形影不离，相依为命。

雄的总是那么瘦，雌的总是那么肥。她从不去减肥。

只因老公喜欢伏在她的身上，肥婆也就乐意背着他到处旅游，这就要有强壮的身体。

公的不寻花问柳，母的不见异思迁。赢得了“海底鸳鸯”的美称。

也会有危险的时候。不过只要一只被捉，另一只绝不私自逃跑。

紧紧跟着，宁可一起落网。

有人笑它们太笨。都什么时候了，还那么死心眼。

即使生活在这么开放的海洋，也不改变婚恋的态度。

鲎说：这是四亿年传下来的家风，是不能抛弃的传统。

（2013 年 12 月）

网络征婚轶事

蜘蛛小姐在网络熬了多年，虽当上了工程师，仍然是一个剩女。

当然要扬长避短，当然用网络征婚。

蚂蚁与蜗牛自感文化太浅，高攀不上。

也许有翅膀的，才是门当户对。

蜻蜓、蝴蝶及各类飞虫，跃跃欲试。

无奈到视频转了一圈，就纷纷打退堂鼓。

有狗仔队去打听原委。

曾往相亲的蚊子悄悄透露：

别看网上好像挺透明，其实一个个洞眼，说不定就是一个个——

可怕的陷阱。

（2013 年 12 月）

房子问题

蜗牛随便到哪里，都不愁没有房子住。

房子就背在它的背上。无论迁到何处，都就地安家。

蜜蜂也有自己的房子。

尽管是集体宿舍，毕竟算有房一族。

还不占用土地。

河蟹在沿海城市找了个女朋友，也就想到城里打工。

丈母娘提出了先决条件：要有房子。

租房太贵，还随时涨价。

买房更不现实。如要贷款，还得先解决本地户口。

（2013 年 12 月）

散文诗的寓言

散文诗作家蝙蝠，喜欢夜间写作。用喉咙发出的超声波，吟诵它对自然、社会与人生的回声。

受到了数不清的粉丝的追捧。

走兽协会办的《雄狮散文》，青睐它作品的朴实与舒放。

飞禽组织办的《凤凰诗刊》，为它的抒情与浪漫开辟了专栏。

只是每到评奖时，却都无视它的作品的存在。

走兽们说，不属它们评选的范畴。

飞禽们说，只进行纯诗的评选。

据说原因是户口问题。

就像农民工子女一样，可以在城里读书，但不能在城里参加高考。

听闻政策或有松动与改变，说了很久，也不见落实。

好在蝙蝠已习惯了自己的身世。作为会飞翔的哺乳动物，常常被模棱两可，又常常被两不可。

它似乎也无视评奖的存在，照样写它的作品。

它说，又不是为了评奖才写作，也不管归为什么类别。

何况，你也不能不承认，我写的是散文诗。

（2013 年 12 月）

可爱的镜子

一个诚实而正直的家伙！

襟怀坦白，心直口快。是什么就说什么，有多少就说多少。

不会隐瞒，不会偏袒。

无论亲疏远近，无论富贵贫贱，对谁都一样。

不管面若桃花还是面有菜色，眉飞色舞还是愁眉苦脸，都如实报道。

一心只想告诉你事实与真相。

一个天真而幼稚的家伙！

它的优点，又是它的缺点。

任务本来是看人脸色，态度却是不看脸色，一点也不留情面。

谁的脸上有一点污泥浊水，也给你指出来。

不拐弯抹角，不文过饰非，不说一半留一半，不大事化小小事化无。

不会视而不见，不搞选择性失明。

它有多少条优点，就有多少条缺点。

这要得罪多少人呀？

其实它身子单薄，遇到恼羞成怒的人，会把它摔得粉碎。

不过，它不怕报复，不怕粉身碎骨。

倒是一些怀恨在心的人，不敢报复它。

你要是够胆把它摔得粉碎，那么好了：

地上有多少它的碎片，就会多少倍地放大你——

丑恶的尊容。

（2014年4月）

筷　子

自从走到了一起，就再也不愿分开。

出双入对，形影相随。无论是出席盛筵，还是以稀粥照影，都不会单独前行。

遇到香喷喷甜滋滋，共享津津有味。

碰上咸酸苦辣，也共尝有难同当。

心往一处想，劲往一处使。如有挑拣的机会，便心照不宣地拨开柳暗花明，夹住最佳答案。

倘见暗藏玄机，也会识破云遮雾障，惹不起躲得起。

也会有拉拉扯扯，也会有磕磕碰碰，谁也不会放进心里。

没有隔夜仇，更不会拂袖而去。

大家都明白，分开了就无法活。

万一失去一方，就会沦落天涯，或抛弃墙角。

即使又被配成一对，大多也难以得心应手。

就这样过着多好啊！一起相敬如宾，相濡以沫，相依为命；一起风花雪月，风雨兼程，一起青春，一起慢慢变老。

日复一日，年复一年。

平淡的生活，诗意地栖居。

（2014 年 5 月）

态　度

有几人能像郁达夫那样，把钞票压在鞋垫下？
并不是怕扒手光顾。
“这东西压迫我太久了，现在我也要压迫它！”

（2014 年 6 月）

河与岸

一对形影不离的伙伴。

一起诞生，一起长大，一起相依相偎，相亲相爱。

日日夜夜，月月年年。岸用有力的双臂，把河紧紧拥抱在怀。河敞开胸襟，把可靠的岸的倒影，深深地放在心中。

讲解着什么叫心心相印。

河温柔的时候，特别可爱。风平浪静，一帆风顺，唱起“一条大河波浪宽……”

河动不动就使性子。怒涛翻滚，恶浪滔天，惊涛拍岸，卷起千堆雪……

岸总是让着河，护着河，任凭它轻抚或者拍打，任凭它随时随地撒娇、哭闹，耍着小脾气。

河总是抱怨岸，约束太多，自由太少，管得太紧，总想打破陈规，要去看看外面的世界。

在失去理智时，河甚至会翻脸成仇。泼妇骂街，河东狮吼，咆哮如雷，要冲决堤岸，哪管它泛滥成灾。

责任重大的岸，总是奋不顾身，以命相救，即使断腰断臂，也在所不辞。

水性扬花的河，一次次后悔，一次次忘了教训。

宽宏大量的岸，一次次谅解，一次次苦口婆心。

为了他们自己，更为了更多的别人，岸总是逆来顺受，忍辱负重。

河却不知是真是假，有时挺明白，有时又糊涂……

（2014 年 6 月）

灯　笼

都说“纸包不住火”。

是的，这种惹火烧身的事，发生过一千次，一万次，一千万次。

惨案们都有历史纪录，甚至世界纪录。

不过纪录总是用来打破的。

任何话都不能说死了，说绝了。灯笼它就不服这口气。

它把火紧紧包在纸的怀里。

让火在怀里暖着，在怀里亮着，烧得满面红光。

却烧不到它一根毫毛。

它用纸把火包着，包出了张灯结彩与兴高采烈。

险些以生命为代价，才照亮了一条路。

一条知难而进才有改变的行程。

（2014 年 6 月）

日　子

一把锁守住大门。

独守空房，必须耐得住无穷的寂寞。

无法随钥匙外出，它得顾家。

奔波的钥匙，离家也是无奈的呀。

如果终日在家厮守，只好失业。

每一天都要分离。每一晚早早回家。

回家，有爱的港湾。

分离，为了养活爱。

（2014 年 8 月）

附　录

蔡旭文学年表

1965 年

1 月 31 日，在《文汇报》发表散文诗处女作《春节短歌》（三章）。其时在复旦大学中文系读二年级。

1972 年

8 月 23 日，在《广西日报》发表散文诗《矿山人物》（三章）。这是搁笔多年后重新发表作品。其时在广西平桂矿务局工作。

1974 年

分别在《广西文艺》第二期、第四期发表散文诗《矿山新人》（三章）、《矿山女司机》。

1978 年

5 月 21 日，在《广西日报》发表散文诗《矿山姑娘》（二章）。

1979 年

1 月 11 日，首次在《工人日报》发表散文诗《采矿工程师》。

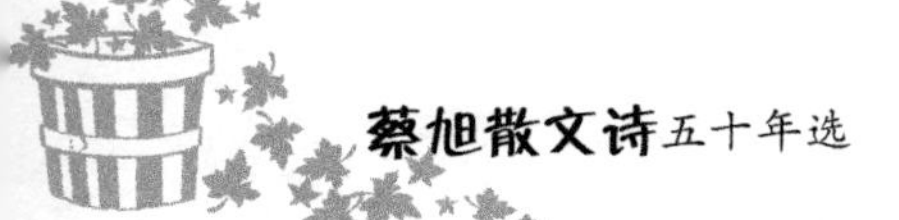

6月2日，首次在《南方日报》发表散文诗《图书馆窗口》（外一章）。

这一年，加入中国曲艺家协会。

1980年

1月20日，在《广西日报》发表散文诗《文坛上的星》（三章）。

5月1日，首次在《人民日报》发表散文诗《闲不住》。

5月1日，在《工人日报》发表散文诗《幸福的人们》（三章），后收入广西人民出版社《中国散文诗选》（1983年1月）。

5月，上京参加全国职工曲艺调演，获优秀创作奖。

在《梧州日报》相继发表《云彩诗笺》《游园启示录》等哲理散文诗多组。

这一年起至1988年，在《广西日报》《南宁晚报》《桂林日报》《柳州日报》《梧州日报》《北海日报》《右江日报》《河池日报》《广西工人报》《广西商业报》《广西工商报》《广西人口报》《广西民族报》《经济时报》《广西煤矿工人报》《漓江》《灵水》《梧桐》《西江月》《柳絮》《风雨桥》《三月三》发表成组散文诗二百余次。

1981年

3月22日，在《桂林日报》开辟散文诗专栏《彩色的明信片》。约每月一组，每组三章，至1987年告一段落。

在《南宁晚报》相继发表《月下老人的信使》《开拓者的生活》《我们这里的年轻人》等多组散文诗。

10 月 7 日，《广西日报》发表陈侃言《散文诗这朵花——兼谈蔡旭同志的散文诗》，这是对蔡旭散文诗的第一篇长篇评论。

11 月，由《广西文学》组织，到三江侗族自治县采风半月。

1982 年

1 月 29 日、2 月 22 日，相继在《工人日报》发表散文诗《温泉·卵石》和《街头剪影》(二章)，至 1990 年，在《工人日报》发表成组散文诗十多次。

3 月，在《广西文学》发表散文诗《侗乡小唱》(五章)。

3 月，在苏州参加全国曲艺调演，创作的桂林渔鼓《叔叔望着红领巾笑》获创作二等奖（表演一等奖）。后在 1988 年 12 月获广西文艺最高奖——首届“铜鼓奖”。

7 月 9 日，在《人民日报》发表散文诗《侗乡石径》。

8 月，首次在《散文》发表散文诗《公路，挽着彩云》(外一章）及《音符，印在山间》。

8 月，调广西壮族自治区总工会工作。

12 月 3 日，首次在《冶金报》发表散文诗《矿长与车》(三章)。

这一年，以《侗乡小唱》《足音与心音》《流过心房的旋律》为题在各地报刊发表散文诗多组。

1983 年

1 月，在《广西文学》发表散文诗《琴台觅知音》(外一章)。

首次在《百花洲》第一期发表散文诗《彩色的明信片》

（八章）。

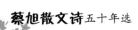

首次在《福建工人》第三期发表散文诗《闪烁的星星》（二章）。

2 月 25 日，6 月 11 日，分别在《羊城晚报》发表散文诗《红瓜子》《侗乡小唱》（二章）。

8 月 8 日，在《人民日报》发表散文诗《家乡的红树林》。

这一年，以“童音”“童趣”为题在各报刊发表散文诗多组。

1984 年

4 月，在《广西文学》发表散文诗《晚风》（三章）。

这一年，以《春消息》《蔚蓝的旋律》《我是爸爸，他是孩子》为题在各报刊发表散文诗多组。

1985 年

加入广西作家协会。加入中国散文诗学会。

2 月起至 1988 年 8 月，主持《广西工人报》编务，推出“散文诗专页”二十多期，曾每次以一组作品一篇评论（杨长勋作）的方式，推介广西散文诗作家十余人。

5 月 8 日，首次在《农民日报》发表散文诗《乡下凡人》（三章）。

5 月，在《广西文学》发表散文诗《雪，溶在温暖中》（外二章）。

受中国散文诗学会会长柯蓝与广西文联主席陆地之托，与敏歧一起筹建广西散文诗学会。筹委会还与《右江日报》《河池日报》《合山工人报》《十一建报》《鹿寨报》《横县报》合办了“散文诗专页”。

7月，在哈尔滨出席中国散文诗学会首次年会，并参加中国散文诗作家采风团在呼伦贝尔走访草原煤城。

这一年，在各报刊以《生活的微笑》《发光的土地》等为题发表散文诗多组。

1986年

4月5日，《中国煤炭报》首次发表散文诗《叠彩》。

8月，《广西文学》发表散文诗《发现》（外三章）。

10月1日，在《黄河诗报》发表散文诗《早晨水灵灵》。

10月21日，《中国河运报》首次发表散文诗《多情的江水》（二章）。

11月12日，在《羊城晚报》发表散文诗《飞去了，那快活的鸟》。

这一年，在各报刊发表《南国街头》《生活的涟漪》《爱的回味》等散文诗多组。

10月，在四川乐山出席中国散文诗学会第二届年会。

1987年

3月5日，在《海南日报》首次发表散文诗《沉思在南岛》（三章），4月23日又发表《今天与昨天》（二章）。

7月，广西人民出版社出版蔡旭第一本散文诗集《彩色的明信片》（柯蓝作序）。《工人日报》《广西日报》《诗歌报》《劳动报》等全国各地三十多家报纸对此书作了评介。

《散文诗报》发表《彩色的明信片》专版。

7 月，广西散文诗学会成立，担任第一副会长兼秘书长。

这一年，在各报刊发表《父子二重奏》《烟火人间》《爱的河流》《正在长大的城市》等散文诗多组。

1988 年

8 月，调海南省主持《海口晚报》的筹建工作，10 月晚报创刊。

10 月，在《诗神》首次发表散文诗《雨景》。

12 月，广西师大出版社出版散文诗集《爱之舟》(与潘耀良合集，黄绍清作序并点评)。

这一年，在《新闻出版报》《春城晚报》《鹤城晚报》等报刊发表《编辑部轶事》《童心与父心》等散文诗多组。

1989 年

4 月 29 日，在《羊城晚报》发表散文诗《椰城思绪》(三章)。

6 月，广西民族出版社出版《阳光与花朵》(杨长勋作序，柯蓝题词：“邀请阳光花朵，到我心中作客。”)

10 月起，在《海口晚报》开辟“蔡旭散文诗专栏”《散步的诗》，每周一期，每期二章，至 1990 年 2 月刊出二十多期。

在《海南日报》《广西工人报》等报刊发表组诗《沉思的花朵》。

1990 年

主持创建海南省散文诗学会，任会长。同年，在山西朔州的年会上，当选中国散文诗学会副主席。

6 月，在《百花洲》发表散文诗《人生小品》(二章)。

11 月，在《作品》发表散文诗《人生小品》(三章)。

10 月，在广西民族出版社出版散文诗集《烟火人间》(贺敬之题词："拥抱生活，走向人心")。

11 月，在广西民族出版社出版散文诗集《抚摸世界》。

在《珠海特区报》《广西日报》《三月三》《海南农垦报》等报刊发表组诗《在我心中散步》《人生小品》。

为李侃曲艺作品集《爱的女神》作序《心中有一片桂林山水》。

1991 年

4 月 21 日在《广州日报》首次发表散文诗《欢迎光临》(二章)。

在《海南日报》《特区时报》发表《椰岛散步》《上佳心情》等散文诗组。

5 月，在南京出版社出版《散步的诗·椰城思绪》(辛业江作序)、《散步的诗·在我心中散步》(有后记《我的散文诗之路》，两本书均为王信田题写书名)。

7 月，在《椰城》创刊号发表散文诗《椰岛散步》(八章)。

9 月 15 日，在《广州日报》发表散文诗《发黄的相册》(三章)。

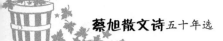

11 月，在《诗神》发表《人生寓言》(三章)。

这一年，在《海南日报》《海口晚报》《少年文史报》《南昌晚报》《台州日报》《茂名日报》《经贸时代报》发表散文诗多组。

加入中国作家协会。

1992 年

在《散文诗世界》第二期发表《深沉的思索》(外一章)。

在《广州日报》发表《一线相通》(二章，1 月 24 日)，《微妙的心律》(外一章，3 月 23 日)，《最佳心情》(外一章，7 月 2 日)。

在《天涯》二至三期合刊发表散文诗《若有所思》(三首)。

5 月，在金陵书社出版公司出版散文诗集《敞开心扉》(写有小跋)。

5 月，在接力出版社出版散文诗集《童心与父心》。

8 月，主编《中国散文诗大系·海南卷》，由广西民族出版社出版，附有编后记《正在崛起的散文诗琼军》。

8 月，被评为海口市专业技术拔尖人才。

1993 年

发表报告体散文诗《细雨轻抚着海口的门窗》《海口，在四月的鲜花里》《城市的收藏家》《椰城花》《椰城夜》等。

为张向荣散文诗集《季节河》作序《深情与沉思结出的果实》。

为罗灯光散文诗集《红豆篱篱》作序《诗情画意写天涯》。

为梁智华散文诗集《爱意缱绻》作序《贵在真情　望多

新意》。

1994 年

10 月，在广西民族出版社出版杂感散文诗集《淡淡有味》。

1995 年

5 月，在海南出版社出版短论集《小发议论》。

5 月，在南海出版公司出版散文集《天伦小乐》。

7 月，在南海出版公司出版散文诗集《椰岛踏歌行》。

1996 年

5 月，在海南国际新闻出版中心出版体育评论集《绿茵小语》。

12 月，在四川民族出版社出版杂感散文诗集《微笑是最好的美容》。

8 月，被评为海南省有突出贡献优秀专家。

1997—1998 年

从 1996 年 3 月起任《海口晚报》代总编，1997 年 1 月任总编辑，较长一段时间里主要忙于报纸编务，写的多是新闻、时评、理论文章。另为周末版专栏撰写随笔。

为辽宁民族出版社《中国当代微型散文诗选》作序《欢迎精短散文诗》。

当选海南省作家协会副主席。

1999 年

12 月，在中国文联出版社出版散文随笔集《经不起酒精考验的人是我》。

2000 年

4 月，被评为海南省劳动模范。

5 月，在作家出版社出版散文诗自选集《蔡旭散文诗选》，是从事散文诗写作三十五年来出版的十多本散文诗集的“十以当一”的选本。收有作品近五百章，分为《侗乡小唱》《彩色的明信片》《生活的微笑》《心的回音壁》《沉思的花朵》《南方的矿哟北方的煤》《爱的回味》《童心与父心》《椰岛踏歌行》《在我心中散步》十辑，并有《附录：散文诗与我》及后记《我随散文诗走向新世纪》。

《中国散文诗》从中选载了二十余章。

2001 年

被评为国务院特殊津贴专家。

散文诗集《蔡旭散文诗选》获海南省优秀精神产品奖。

11 月，在银河出版社出版中英文对照《蔡旭散文诗选》。

12 月，在南方出版社出版短论集《晚报小札》《小题小作》。

为曾纪祯新闻作品集作序《认真做　努力做》。

为寒冰新闻近作选作序《侠骨柔情写民声》。

2002年

继续忙于报纸编务。

从1994年起至此，事实上基本暂停了散文诗写作。

为李传华文学作品集作序《激昂的旋律可爱的人》。

2003年

7月，在南海出版公司出版散文集《圆月照方窗》。

写作报告体散文诗《海南绿橙之歌》《海南岛有个欢乐节》《漂在峡谷激流间》，在《海南日报》《中国散文诗》发表。

为曾万紫散文集《芳龄》作序《发现与回味》。

开始《椰岛人物》系列散文诗的写作。

2004年

2月，首次在《散文诗》发表《卢浮宫三宝》（三章），宣告搁笔多年后重返散文诗队列。

2月25日，在《羊城晚报》发表散文诗《椰岛之女》（三章）。

出席在贵州开阳县举办的国际散文诗笔会。

在《散文诗世界》第六期发表散文诗《椰岛之子》（五章）。

为《海南特区报》写随笔专栏，到2006年3月告一段落。

2005年

在《中国散文诗》第一期发表散文诗《诗的旅行》（七章）。

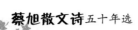

在《散文诗世界》第四期发表“代前言”《散文诗的三要素》，提出“抒情、哲理、内在音乐性是散文诗的三要素”。并发表《椰岛之女》(五章)。

8 月在《散文诗》发表《味道》(三章)。

2006—2007 年

继续散文随笔的写作。

在《散文诗世界》发表《万泉河有多美》(外一章)，后收进《2007 中国年度散文诗》。

2007 年 11 月，出席在北京中国现代文学馆举行的中国散文诗诞生九十周年纪念与颁奖活动，被评为“中国当代优秀散文诗作家”(十佳)。

2008 年

在《散文诗世界》第二、三期相继发表《椰岛老人》(四章)、《畅游定安好风光》(报告体散文诗)。

7 月 23 日，在《伊犁晚报》发表散文诗《岁月的断片》(四章)。

在《粤海散文》第三期发表散文诗《椰岛之乐》(四章)，后被选入《2008 中国散文诗精选》。

在《散文诗作家》创刊号发表《椰城的微笑》(二章)。

10 月，《散文诗》发表《缺少诗意的镜头》(七章)。

在《扬子江诗刊》第六期发表《熟悉的风景》(三章)。

2009年

《读傅小石画展》(外二章)被选入《2008中国年度散文诗》。后又被选入《新中国六十年文学大系 散文诗卷》。

3月，在《诗歌月刊》(下半月刊)发表《蔡旭的诗》(十三章)。

6月，被中国晚报协会授予“中国晚报杰出贡献奖”。

8月，《散文诗》在《诗人档案》专页发表“蔡旭简介”及照片一组，同期发表《有关花木小草的心情》(八章)。这组作品中的六章后被选入《2009中国散文诗精选》。

12月，在《诗刊》发表《似曾熟悉的城市》(四章)。

7月，光明日报出版社、内蒙古人民出版社出版散文集《每天都有好心情》。

11月，广西美术出版社出版散文诗集《熟悉的风景》。内有自序《在熟悉中发现小小的陌生》。

2010年

在《扬子江诗刊》第一期发表散文诗《思绪纷飞》(四章)。

4月，在《中国诗歌》发表散文诗《走在家乡的海滩上》(五章)。

5月，为散文诗集《山海行踪》作序《从高山到大海》。

6月3日，在《海南日报》发表散文诗评论《山兰飘香》。

9月，在《散文诗》发表《打工者的雕像》(四章)。

9月，在南方出版社出版散文诗集《温暖的河流》《生活的炊烟》。

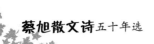

在海南省图书馆报告厅作《散文诗的欣赏与写作》讲座，反应甚好。

2011年

1月，散文诗集《顺流而下》由河南文艺出版社列入《散文诗的星空》第一辑出版。这是新世纪第一个十年作品的选本。分为《散文诗的师友们》《世界在我眼中》《用笔直播城市》《走在家乡的海滩上》《伴着椰风轻唱》《心底的微澜》六辑，并附录有专访《抒情地吟唱社会与人生》《蔡旭文学年表》(1965年1月—2010年10月)。

6月28日，在海南省图书馆举办海南专题散文诗朗诵会《伴着椰风轻唱》。

7月，《走进海口红色的记忆》(散文诗三章)，获海南省委组织部“全省七一征文”二等奖。

9月，《伴着椰风轻唱》(散文诗八章)，获“全国首届旅游征文大赛”一等奖。

11月，《绿了海南》(散文诗四章)，获“全国首届好山好水好作品文学大赛”一等奖。

这一年，对拙作散文诗的评论主要有：秦兆基《阳光、沙滩与观海者——蔡旭散文诗集〈顺流而下〉面面观》，崔国发《生活潜流与情感结构——评敏歧、刘湛秋、陈志泽、蔡旭的散文诗》，川北藻雪《一条鱼顺流而下——浅评蔡旭散文诗集〈顺流而下〉》，冯椿《灵动的神采——读蔡旭先生的散文诗集〈顺流而下〉》。

2012 年

1 月，出版散文诗集《生活流》(团结出版社)。用散文诗记下一座城市（海口）一个年度（2011）的流水账。

1 月，出版散文诗集《沉淀物》(中国书籍出版社)。分为个人史、亲友团、师友们、故土情、地理志、沉淀物等六辑。

4 月，为纪念母亲而写的一万五千字散文《一位有许多缺点的伟人》在广东《茂名文苑》第二期刊出。

6 月，《黄河诗报》(总十六—十七期合刊）推出《中国当代散文诗回顾与年度大展》，在第一部分“历史的声音”及“前辈与中坚”列有“蔡旭”一节，刊出及引述作品五章。

7 月，《我与三沙》(散文诗五章）收进“三沙文丛”第一辑《三沙纪行》(南方出版社出版)。

9 月，写散文诗《从荷兰豆到钓鱼岛》，后刊登在《钓鱼岛诗刊》创刊号。

10 月，《我与三沙》(六章）在《散文诗》上半月号作为“特别推荐”刊出。《本期导读》中写道:“在南海波涛汹涌之际，老诗人蔡旭给本刊邮来《我与三沙》，读后，一种爱国之情从字里行间如海潮般劈面而来，特于第一时间更换头条推出，发出《散文诗》刊和散文诗人的声音，发出中国的声音。”

10 月，海南专题散文诗集《伴着椰风轻唱》由南海出版公司出版。一百五十多章作品分为六辑，倾情吟唱了海南的优美风光、丰富物产、历史文化、民族风情、时代风貌和平凡与非凡的人物。收有自序《用散文诗之美展示海南之美》。

11 月 18 日，由海南省作家协会、海南科技职业学院、海南省散文诗学会、海南凤凰新华出版发行公司联合主办，在海口市解放西路书店举办“散文诗集《伴着椰风轻唱》首发式及签名售书活动”。此书在社会上广受好评，被称为“美丽海南的诗的名片”。

11 月 29 日，《文学报》“散文诗研究专刊”发表《我写〈海瑞墓在辨认〉》(创作谈及作品)。

12 月，散文诗组章《名城撒播海南岛》，获海口市委宣传部、海口市文联、《椰城》杂志等举办的“《海南颂》朗诵诗征文”唯一一等奖。

2013 年

1 月，散文诗集《简单的生活》由中国文联出版社出版。

1 月，《诗刊》(上半月刊)新开“散文诗”栏目，发表《简单的生活》(四章)。

1 月，《2012 中国年度散文诗》(漓江出版社)把《我与三沙》(组章)选为“第一辑：2012 特别关注”的两篇作品之一。《编者的话》中提到：

“本书选取了 2012 年散文诗领域值得我们关注的两件作品：周庆荣的《长城》、蔡旭的《我与三沙》。

“同是体现爱国主义，《长城》更侧重精神上的回应……《我与三沙》则是一种比较直接的回应。其中的《镜头下的西沙》写西沙‘令人心醉’的蓝；《探访一艘沉船》呈现出不可抹杀的我国拥有主权的历史铁证；《重读张永枚诗报告〈西沙之战〉》则是巧妙地以历史的记叙对敢于来犯者予以严重的警告。

“这两件作品的主旨是明朗坚定的，而表述是诗性的。”

这一年，共有七种“年选”选入拙作：《中国年度优秀散文诗》（2012卷）（新华出版社）、《2012中国散文诗年选》（花城出版社）、《中国散文诗人作品选2012年卷》（中国文联出版社）、《2013中国当代散文诗》（珠海出版社）、《海南建省二十五周年作品选　散文卷》（南方出版社）、《海南建省二十五周年作品选　诗歌卷》（南方出版社）。

3月，散文诗集《沉淀物》被中国散文诗研究会列入“2012年散文诗排行榜”（专著）五部之一。

4月20日上午，在前往济南机场路上，得知四川卢山大地震消息。回到海口后写了散文诗《是卢山，不是庐山》。后来在《中国文学》5月号刊出。

5月，首次登上《中国诗人》，在第三期发表《同一些用物打交道》（六章）。

7月，《散文选刊》（中旬刊）在补出的2011年第五期刊出《蔡旭的散文诗》专辑，发表《用散文诗之美展示海南之美》（创作谈）、《伴着椰风轻唱》（十二章）、《椰岛之魂》（七章）。

8月，首次登上《诗潮》，发表《散步的心》（六章），

10月，散文诗集《蔡旭自选集——散文诗新作一百首》在银

河出版社出版。

11 月，散文诗组章《海口骑楼老街》获“第二届全国人文地理散文大赛”二等奖。

12 月，首次登上《星星》诗刊，在下旬刊《星星·散文诗》发表《波澜不惊的生活》(组章)。

12 月，在《散文诗世界》发表《大街小景》(组章)。

2014 年

1 月，散文诗集《大波微澜》在中国文联出版社出版。

2 月 26 日，在菲律宾《商报》发表《历史的回声》(八章)。

4 月，在《关雎爱情诗刊》春季号（总第二期）发表《一些树的爱情》(三章)，同时发表《我与散文诗》一文，回顾散文诗创作经历，论及散文诗主张。

5 月，在《小拇指》诗刊夏季号发表《远古的回声》(七章)。

6 月 1 日，在《新民晚报》发表《家传美味》。

6 月 28 日，《湖州晚报·南太湖散文诗》刊出“海南篇”，包括《坐在生活的一角》(五章) 及述评《海南散文诗的第二次浪潮》。

为《中华家园·洋浦湾》《中国魂》分别组织编选了《海南专辑》，后陆续刊出。

6 月，在《散文诗世界》头条刊出报告体散文诗《一个人的当代琼剧史》，同时刊出《[创作笔记] 关于报告体散文诗》。

6 月，《中外名流》2014 夏季号刊出《散文为体诗为魂——记

“不退休散文诗人”蔡旭》(作者彭桐)。

7月31日,《文学报》发表《写出与众不同三例》(创作手记)。

1—6月，试制寓言散文诗一批。

4—6月，试制三行“微散文诗”三十余章。

5月，为苏扬散文诗集《苏醒的波澜》作序《为美代言》。

6月，“中国散文诗研究中心微信公众平台”问世。至年底，刊出《我写〈海瑞墓在辨认〉》等“创作手记”、《足球人生》(上、下)等作品多篇。

9月，以评委身份出席河南鹤壁举行的中国散文诗笔会。为中国散文诗大奖、中国散文诗大赛、中国校园作家大赛颁奖。

9月，在《星星·散文诗》发表《站在生活的一角》(五章)。

9月，编选《散文诗创作手记》交河南文艺出版社，将于2015年夏出版。

11月27日，在《文学报》发表《从〈家传美味〉谈散文诗的叙事与抒情》(创作手记)。

11月28日，在《伊犁晚报　天马散文诗专页》发表《贴着生活低飞》(三章)。

3—12月，担任“中国诗歌流派网”与《散文诗》杂志举办的“中国网络散文诗大赛”一至六期评委。

4—12月，编选《蔡旭散文诗五十年选》，这是从事散文诗创作五十年、创作散文诗作品三千余章、出版散文诗集二十四本的自选集。分为“起跑线”“广西情”“市声录”“人物廊”“椰风

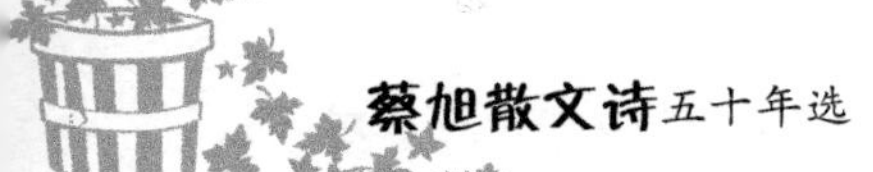

吹”“故园梦”“简生活”“心散步”“师友们”“读天下”“诗寓言”十一辑。附有《蔡旭著作目录》《蔡旭文学年表》。该书将由复旦大学出版社出版。

这一年，在《海南日报》《三亚日报》《贺州日报》《和田日报》《新诗》《作家导报》《淮风》《茂名文苑》《蓝鲨诗刊》《岷江》等发表作品多组。

这一年，在《诗歌周刊》《网络新汉诗荐赏》等网刊刊用散文诗作多组。

这一年，对拙作的主要评论有：庄伟杰《蔡旭散文诗的独特性》，王幅明《家有金针可度人——读蔡旭的散文诗及其创作谈》，清扬《散文诗的跋涉——读蔡旭散文诗集〈大波微澜〉》，惠兰于心《平实见奇，淡而深远》。

蔡旭著作目录

散文诗集（二十五种）：

《彩色的明信片》	广西人民出版社 1987 年 6 月
《爱之舟》（与潘耀良合集）	广西师大出版社 1988 年 12 月
《阳光与花朵》	广西民族出版社 1989 年 6 月
《烟火人间》	广西民族出版社 1990 年 11 月
《抚摸世界》	广西民族出版社 1990 年 12 月
《散步的诗・椰城思绪》	南京出版社 1991 年 4 月
《散步的诗・在我心中散步》	南京出版社 1991 年 4 月
《童心与父心》	接力出版社 1992 年 5 月
《敞开心扉》	金陵书社出版公司 1992 年 5 月
《淡淡有味》	广西民族出版社 1994 年 10 月
《椰岛踏歌行》	南海出版公司 1995 年 7 月
《微笑是最好的美容》	四川民族出版社 1996 年 12 月
《蔡旭散文诗选》	作家出版社 2000 年 5 月
《蔡旭散文诗选》（中英文对照）	银河出版社 2001 年 11 月
《熟悉的风景》	广西美术出版社 2009 年 11 月
《温暖的河流》	南方出版社 2010 年 11 月

《生活的炊烟》 南方出版社 2010 年 11 月

《顺流而下》 河南文艺出版社 2011 年 1 月

《生活流》 团结出版社 2012 年 1 月

《沉淀物》 中国书籍出版社 2012 年 1 月

《伴着椰风轻唱》 南海出版公司 2012 年 10 月

《简单的生活》 中国文联出版社 2013 年 2 月

《蔡旭自选集——散文诗新作一百首》 银河出版社 2013 年 10 月

《大波微澜》 中国文联出版社 2014 年 1 月

《蔡旭散文诗五十年选》 复旦大学出版社 2015 年 5 月

散文集（四种）：

《天伦小乐》 南海出版公司 1995 年 5 月

《经不起酒精考验的人是我》 中国文联出版社 1999 年 12 月

《圆月照方窗》 南海出版公司 2003 年 7 月

《每天都有好心情》 光明日报出版社 2009 年 7 月

短论集（四种）：

《小发议论》 海南出版社 1995 年 5 月

《绿茵小语》 海南国际新闻出版中心 1996 年 5 月

《小题小作》 南方出版社 2001 年 12 月

《晚报小札》 南方出版社 2001 年 12 月

《蔡旭散文诗五十年选》按年编目

1965 年

给一群青年卫生工作者

1972 年

探矿老工人

1973 年

海燕

1978 年

点炮的姑娘

1979 年

露珠

1980 年

李树之歌

清新的风

闪光的汗

盼风

颠簸中的希望

1981 年

绿色的诗篇

1982 年

公路，挽着彩云

悠悠石板路

雨，装在酒杯里

1983 年

家乡的红树林

安宁与和平

1992 年

密码

1998 年

三亚诗会

2003 年

卢浮宫三宝（三章）

博鳌的微笑

黎妹走上 T 形台

有座城市叫琼海

2004 年

娘子军老兵与年轻的白鸽

唧水筒喷出了彩虹

永远闪亮的胶灯

万泉河有多美

沙漠也能淹死人

借我一双慧眼吧

2008 年

童年的味道

水东冼夫人铜像

忘不了的方言

坐看退潮的大海

走在家乡的海滩上

在危重病房外守望老母亲

风决定着叶子的态度

半夜两点的城市

半座城市坐在公交车上

骤雨似乎要追杀一个无辜的人

劳模家放不进市长的花篮

施工队长升任爸爸的一刻

那个送快餐的人

足下生辉的擦鞋妹

海滩茶馆的最后一夜

一个小区的诞生

这片被囚禁的土地

一条河得救了

自行车被拒之门外

比萨饼与我们的关系

别小看这块石头

石头上长出了新意

古村的石墙

海南有座五公祠

2011 年

再读维纳斯

手的故事

越来越像我的儿子

同六十年前的父亲惊喜中相见

那一双眼神

与一把老伞同病相怜

路过楚汉相争的“鸿沟”

这座城令我肃然起敬

不穿白大褂的天使

好大一棵榕树王

砸开一只核桃

与伞同行

街景

水写布

2012 年

染发

态度

过秤

在婚纱影楼想当年

小院

晒被子

时间的痕迹

路遇

钥匙与家

镜头下的西沙

这些树，这些人

青岩古镇的石狮子

躺在大桥下的流浪者

刷墙工在空中舞蹈

晨运老人在公园放歌

谁知道他或她的模样？

扛摄像机的人

站在神秘的“林彪楼”外

这一天的书店

有人送我两亿三千万

天生幸福的人们

听海

晒衣绳

人们叫它爱情树

•

2013 年

新年短信

老同学

空椅子

当一棵树爱上另一棵树

海口骑楼老街

博鳌之晨

老爸与车

老爸的新衣

空酒杯

在菏泽被牡丹所包围

这里叫大小洞天

到果园摘荔枝

路过木瓜园

不算陋室

海之味

我读龙门石窟

在洛阳观“天子驾六”

一位残疾男的婚礼

椰林寨与高跟鞋

这一首歌

海景房

永暑礁

西沙雨

船木家具

喜欢所有的方言

卖甘蔗的人

咖啡小镇

渔港小镇

兴隆小镇

老同学的博客

淋个明白

迟到白石街

开平碉楼

麦芽糖小摊

花山之谜

探访千年古荔园

一碗汤的距离

老同事

大雨冲刷的大街

量变

配对

不要鞋带的鞋

不需要走红的青椒

生锈的锁

老桨

手电筒的信念

学坏的鹦鹉

海底鸳鸯

房子问题

网络征婚轶事

散文诗的寓言

2014年

挑担卖果的老妇

烤红薯小摊站在街头

一辆车翻倒在水沟里

不再轻信

目击冬奥会女子千米速滑金牌的诞生

婚纱照

望海

一棵树

搂着空气跳舞的人

可爱的镜子

筷子

家传美味

老报人

车过潭门大桥

万泉小镇

偶遇一盏萤火虫

失去的鹭影

雨中候车

给李平打电话

灯笼

河与岸

无腿之歌

风，雨，人

街角

跟吴冠中走进张家界

在芙蓉镇吃米豆腐

球赛

射手

门将

我看中日甲午战争一百二十周年

从一只椰果认识海南

不被污染的淇河

云梦山访鬼谷子不遇

走访杜甫故里“诞生窑”

天桥上的演奏者

陌生的熟人

婴国语言

手指的味道

不在乎表扬的人

在合肥见到白脸的包公

到李府半条街认识李鸿章

跟李白游秋浦河

访新会梁启超故居

关于在崖门上香的理由

珠海情侣路

轮椅上的飞奔

充电

致友人电

戴在心中的校徽

小时候这样爱上了书店

感谢复旦

——《蔡旭散文诗五十年选》后记

在我的母校复旦大学欢庆建校一百一十周年的时候，《蔡旭散文诗五十年选》由复旦大学出版社出版了。我最想说的一句话是：感谢复旦！

记得五十二年前入读复旦大学中文系的第一课，写作课老师李平布置了作文《复旦第一天》，令人惊喜的是我的作业被当作范文宣读与讲评。李平的老师赵景深也给我上过写作课，给我的作文画过了许多红圈。李平还向我特别推荐了《文汇报》上李华岚评介刘白羽、杨朔、秦牧、郭风散文四大家的散文诗作，直接把我引上了散文诗之路。馆藏丰富的复旦大学图书馆与中文系资料室，为我提供了大量前辈散文诗作家的优秀范本。1965 年 1 月 31 日，我的散文诗处女作《春节短歌》(三章）在《文汇报》发表，由此开始了我五十年的散文诗跋涉。

给了我极大鼓励的还有现代文学老师吴欢章，正是他的约稿，我写本校电光源专家蔡祖泉的三章散文诗得以发表在他指导的学校的文学板报上。而几十年来一直关注我的写作的，是另一位现代文学老师潘旭澜，他多次把拙作选入各种选本，给了我极大的鼓舞（另外，作为球迷朋友，他经常在给我的长途电话中评点足球，还为我一本体育评论集写过两篇评论）。而与我同届毕业的新闻系同学王锦园，分别的礼物是送我柯蓝《早霞短笛》1958 年的初版本。

复旦大学中文系也没有忘记我们。2010 年母校一百零五周年校庆时，系主任陈思和为我们 1963 级的每一位同学颁发了专门特制的纪念册。我以一首散文诗《从现任系主任手中接过当年的成绩单》作了记载。

正是师友们的支持和鼓励，才有了我五十年与散文诗的一路同行，才有了这本“五十年选”的产生。

这本书的出版，更是母校热情关怀的结果。复旦大学出版社前总编辑高若海，现总编辑孙晶，责任编辑邵丹，给予了直接的支持与帮助。这本书，是我深怀感激之情，向母校的感恩与汇报。

在母校欢庆建校一百一十周年的时候，能以这一本小书作为一份小小的礼物，我深深感到无上的荣幸。

“日月光华，旦复旦兮！”我将永远以母校为荣，毕生为母校增光。

（2015 年 3 月）

图书在版编目(CIP)数据

蔡旭散文诗五十年选/蔡旭著.—上海:复旦大学出版社,2015.6 (2020.8 重印)
ISBN 978-7-309-11455-3

Ⅰ.蔡… Ⅱ.蔡… Ⅲ.散文诗-诗集-中国-当代 Ⅳ.I227

中国版本图书馆 CIP 数据核字(2015)第 100813 号

蔡旭散文诗五十年选
蔡 旭 著
责任编辑/邵 丹

复旦大学出版社有限公司出版发行
上海市国权路 579 号 邮编:200433
网址:fupnet@fudanpress.com http://www.fudanpress.com
门市零售:86-21-65102580 团体订购:86-21-65104505
外埠邮购:86-21-65642846 出版部电话:86-21-65642845
当纳利(上海)信息技术有限公司

开本 890×1240 1/32 印张 14.75 字数 268 千
2020 年 8 月第 1 版第 2 次印刷

ISBN 978-7-309-11455-3/I·925
定价:36.00 元